흑! 덕 으어어어억!

야아아아아악!!!!! 흐억;

을수없어어어어!!!어엄ㅁ

아아아아! 흐으악 조작이

으아악 [KB067946] 설

·· 퍽! ㄹ아ㅇ

살려줘!!! 끄이익 아니야!

ㅣ라고오오오!!!!!!! 흐흑 으

으··· 으으으으··· 꺄아아아ㅇ

아앗 지직 치지직 컥 삐—

———— 헉 크아악 끄읍

구끅 빠드득 빠직 웨엑 거짓

흐읍 끼악! 키긱 키기긱 똑

똑 스르륵 스르륵스르륵 휙휙

악 아아아악! 휴··· 히히 깔깔

갈깔 끄윽 삭삭삭삭삭 킬킬

히히히 까아아 빠지직 특 ㅎ

앗! 끄억 살마... 꺽!
드드득 으아아악! 살려줘!!!
이익 아니야! 으어어어
끼야아아아아아악!!!!! 아
고오오오!!!!!!! 흐읍 끼악!
긱 키기긱 똑똑똑 스르륵
르륵스르륵 휙휙 꺅! 으
휴… 히히 깔깔깔깔깔 끄윽
삭삭삭삭 킬킬 키히히힉
악 빠아악 아아아악! 흐흑
으… 으으으으… 꺄아아아
아앗 지직 치지직 컥 탁
억;; 믿을수없어어어어!!
엄마아아아아아! 흐으악
작이다! 으아악! 삐—
————— 헉 크아악 끄읍
끄끄 빠드드 빠지 에에 긱

여름
기담

매운
맛

여름   매운맛
기담

읻다

백민석

나는 나무다

　나는 나무다. 사람들이 내 발밑에 와서 시체를 묻고 간다. 내 뿌리 사이의 흙을 파헤치고 뿌리들을 삽으로 잘라내면서 시체를 파묻고 간다. 모든 경우가 어제 일처럼 또렷하다. 두 사내가 낙엽과 이끼와 검은 흙이 짓이겨진 마대를 끌고 이고 와 턱 소리가 나게 내려놓고는 땅을 팠다.

　삽 두 개가 부지런히 움직였다. 삽 두 개가 열심히 내 뿌리를 잘라냈다. 나의 가장 멀리 뻗어 있는 가지보다 더 멀리 뻗어 있는 뿌리 몇 줄기를 끊어냈다. 삽날이 뿌리에 걸려 삐끗할 때마다 사내들은 씨불씨불했다. 그들이 끊어낸 뿌리 하나는 이 산에 아직 늑대가 살던 때 그 자리에 도달했던 뿌리였다. 계곡 아래 사람 사는 동네가 생기기 전부터 이미 그 자리에 있던 뿌리였다.

"씨팔."

한 사내가 마대를 구덩이에 던져 넣으며 신음을 질렀다.

"이제 시원하게 오줌 한 발씩 갈기자고."

다른 사내가 바지 혁대를 끄르며 말했다.

"디엔에이 감정인가 뭔가 하면 재까닥 걸릴 텐데."

"닥치고 그냥 갈겨. 이래야 안 잡힌다잖아."

오줌 세례를 받자 마대가 꿈틀거렸다. 마대 한쪽 끝이 불뚝 솟아오르더니 벌렁거렸다. 두 사내는 소리 죽여 웃더니 구덩이에 흙을 퍼넣고 다지고 꾹꾹 밟고 풀로 대충 덮었다.

이 숲이 생긴 이래로, 숲의 많은 친지, 이웃들 발밑에 시체가 묻혔다. 아니, 솔직히 나는 이 숲이 언제 생겼는지 모른다. 내가 싹을 틔웠을 때 이미 숲은 울창했고 사람들은 시체를 파묻으러 숲에 발을 들이고 있었다. 나는 다른 키 큰 나무들이 드리운 냉혹한 그늘에서 가까스로 햇빛을 쟁취하며 살아남은 영웅이다. 그때는 여우가 나무들 사이를 뛰어다니며 굴을

파고 새끼를 쳤다. 담비가 여우 새끼를 죽이고 삵이
족제비를 죽이고 여우가 늑대 새끼를 죽이고 늑대가
고라니를 죽이고, 사람들은 그들 모두를 죽였다. 사
람들은 사람들도 죽였다. 그때나 지금이나, 내 발밑
에 시체를 묻어놓고 가는 것은 사람뿐이다. 다람쥐가
가끔 비슷한 짓을 하지만 알다시피 다람쥐는 귀엽고
파묻는 건 도토리 따위다. 내 뿌리를 아프게 하지 않
는다.

　사람이 등을 기댈 수 있을 만큼 내가 자랐을 때,
한 사내가 왔다. 계곡물이 첨벙거리는 소리가 먼저
들렸다. 그는 윗도리가 땀에 흠뻑 젖어서는 한숨 돌
린 얼굴로 내 몸통 굵기를 잠시 가늠해 보더니 뒤돌
아 무너지듯 주저앉았다. 내게 등을 기댔다. 나는 이
파리들을 흔들어 그의 뜨거운 더벅머리 위에 그늘을
드리우고 살랑바람을 일으켰다. 그가 내 첫 번째 사
람이었다. 보기보다 살은 폭신했고 부드러웠다. 산짐
승들의 가칠가칠한 느낌과는 달랐다. 내 눈은 이파리
마다 달려 있으므로, 나는 그가 하는 행동을 모두 볼
수 있었다. 그는 한참을 앉아 머리를 식히고 땀을 말

렸다. 아직 산의 대기는 뜨거웠다. 산마루에서도 후텁지근한 바람만 불어왔다.

그 사람은 가만히 앉아 있다가 문득 무릎을 접고 팔꿈치를 올려 두 손으로 정수리를 감쌌다. 땀이 마른 자리를 흠뻑 적시며, 눈물이 흘러내렸다. 그는 열 손가락을 풀었다 조였다 하면서 어깨를 떨었다. 눈물이 뺨을 적시고 턱을 적시고 쉰내를 풍기는 가슴팍을 적셨다.

다음부터는 사람이 지나가도 반갑지 않았다. 나는 슬플 일이 없는데 사람들이 내 그늘에 와서 내 것이 아닌 슬픔을 한 짐 풀어놓고 갈까 봐 싫기까지 했다. 나는 그때만 해도 사람이 무엇을 할 수 있는지 몰랐다. 산길을 가로질러 가거나 풀을 캐러 이따금 여기까지 올라오는 사람들이 있었다. 계곡을 오가는 바람을 통해 나는 사람들이 사는 동네가 멀리 계곡 두 개를 건넌 자리에 생겨났다는 소식을 들었다.

어떤 사람은 나를 마주 보고, 내가 세상 유일한 관객이라는 듯이 노래를 불렀다. 달빛이 어쩌고, 그대의 심장이 어떻고, 달을 나눠서 반쪽은 내가 갖고 반쪽은 그대가 갖고……. 동네가 한두 개씩 늘어나면서 숲에 발을 들여놓는 사람들이 차차 늘어났다. 그래도 여전히 숲에는 늑대 울음소리가 사람들이 피워 올리는 장작 타는 연기보다 더 기운차게 솟아올랐고, 살쾡이가 더 자주 나를 찾아와 내게 몸뚱이를 비볐다.

숲에서 길을 잃은 사람이 내게 와서 잠시 쉬었다 가기도 했다. 그는 망연자실한 얼굴로 주변을 둘러보다가 실망한 얼굴로 내게 등을 기대고 앉았다. 그에겐 마실 것도 없고 먹을 것도 없었다. 손부채를 부칠 힘도 남아 있지 않았다. 나는 그가 다른 나무로 좀 가 줬으면 했다. 그는 손을 부들부들 떨었다. 그는 앉은 채로 죽었다. 그가 내 발밑에 묻힌 첫 번째 사람이었다. 그를 묻은 건 사람이 아니라 비와 햇빛, 딱정벌레와 까치와 여우들이었다. 그는 서서히 허물어지면서 낙엽에 덮이고 함께 썩어가면서 부식토가 되어 내 뿌리들 새로 스며들었다.

하나 남은 넓적다리뼈가 바스러질 때까지 다른 사람은 나타나지 않았다. 여우들에게는 몇 세대나 지날 만큼 긴 시간이었지만, 나는 나무다. 내 시간은 1년 단위로 분절되어 내 내면에 나이테로 아로새겨진다. 나한텐 그보다 더 작은, 그 이하의 단위는 없다. 1년이 내가 시간을 재는 최소 단위다. 나는 나이테 하나, 둘, 셋, 하고 시간을 잰다. 사람이 손목시계를 내려다보며, 사람이 숨이 끊어지는 시간을 1초, 2초, 3초, 4초, 하고 재미 삼아 재보는 것처럼.

한 무리의 소년 소녀들이 나를 찾아와, 또래 친구의 목을 조르면서 혀가 입 밖으로 길게 늘어지는 시간을 쟀다. 희생자는 고분고분 목이 졸리면서 25초를 견디고는, 침을 질질 흘리면서 혀를 길쭉하게 빼서 턱까지 늘어트렸다.

"25초네. 개새끼, 챔피언 먹었냐?"

하지만 그러고도 소년 소녀들은 희생자의 목을 쥔 손을 풀지 않았다. 이마와 뺨이 파랗게 질리고 손과 발이 축 늘어지고 바지가 검게 젖어 들자 겨우 손을 뗐다.

"죽었냐?"

한 소녀가 희생자의 얼굴에 코를 들이대고는 킁킁거렸다.

14

"뭐 하는 거야, 미친년. 냄새는 왜 맡아?"

"뒤지지는 않았네."

"하, 질기다 질겨."

"얘 아빠가 우리 학교 청소부야."

그러자 소년 소녀들은 안심한 표정으로 낄낄거렸다.

"그래? 하, 저렴한 새끼. 죽어도 안 아까운 새끼네."

다른 소녀가 희생자의 바지를 벗기고 팬티를 벗겨 희생자의 가방에 쑤셔 넣었다. 다른 소년이 희생자의 운동화 끈을 풀어 희생자의 고환에 칭칭 감고는 꽉 조여 매듭을 지었다. 소년 소녀들이 미친 새끼 변태 짓 하냐며 웃었다. 그들은 희생자의 옷가지가 든 가방을 둘러메고 해가 지기 전 산길을 내려갔다.

나는 희생자 머리 위로 이파리를 흔들기도 하고 이마에 죽은 가지 하나를 툭 떨어뜨려 보기도 했다. 밤새 휴대전화가 울렸지만 희생자를 깨우지는 못했다. 희생자가 추위에 떨면서 깨어난 것은 새벽녘이었다. 그는 피를 토하듯 기침을 하면서 발가벗겨진 하체를 확인하더니 몸을 둥글게 말았다.

이 숲에서 그런 일들은 비일비재하다. 계곡 아래 동네가 늘어날수록, 계곡 아래에 열꽃처럼 조명이 휘황하게 피어오를수록, 산 이곳저곳에 주름살처럼 구부러진 도로들이 닦일수록, 사람들은 이 숲을 도시에 딸린 으슥한 뒷골목처럼 여긴다. 사람들에겐 시선의 사각지대다. 사람들은 숲에서는 아무도 자신들을 보지 않는 줄 안다. 사람들은 이 숲에서 도시 한복판에서는 하지 않을 일들을 한다. 하지만 나는 숲의 모든 것을 본다. 나는 도시도 본다. 뒷골목에 부는 바람, 벌레를 잡으러 뒷골목을 활강하는 새들, 도시에서 집을 잃은 개들을 통해 나는 도시를 본다. 도시를 거쳐 오느라 더러워진 바람이, 숲과 아파트 단지를 오가느라 지친 새들이, 뒷골목을 어슬렁거리다 쫓겨난 들개들이 숲으로 와 내게 도시의 이야기를 물어다 준다.

사람들 가운데는 나쁜 짓이 아니라, 부끄러움이 너무 많아서 날 찾는 이들도 있다. 그런 이들은 내가 마치 심지가 굳고 미더운 친구라도 되는 듯 내 앞에

서서 나를 쓰다듬는다. 그 사내도 그랬다. 제가 어제 눈을 부라린 건 제 마음을 아기씨가 알아차릴까 봐 지극히 근심되었기 때문이에요. 아기씨가 누구라고 감히 제가 제 누런 이빨을 드러내고 웃겠어요. 누가 보기라도 하면 저는 당장 내쳐지겠지요. 그때가 되어서야 아기씨는 제 이름 석 자를 듣게 되겠지요. 저는 아기씨가 머무시는 행랑채 마당을 매일 아침 비질하는 놈이고요, 어제처럼 가끔 문틈으로 아기씨와 눈을 마주치는 불상놈입니다. 그러면서 그는 뭔가 북받쳐 오르듯 두 손으로 나를 여러 번 세차게 쓰다듬고는 부둥켜안았다.

"행랑채 바람벽 보강할 때, 외읽이를 하면서 아기씨가 언젠가 저를 알아봐 주십사 하고 제 옷섶 한끝을 잘라 함께 얽어 넣은 놈이 저이기도 하고요."

그 사내는 나를 끌어안은 채로 행복에 겨운 미소를 지었다. 그는 그 뒤로도 여러 차례 숲을 찾았다. 하지만 매번 다른 나무를 찾아 두 손으로 쓰다듬고 부둥켜안았다. 그가 마지막으로 숲을 찾았을 땐 백발에 낯빛이 시커멓게 죽은 노인이 되어 있었다. 숨을 몰아설 때마다 핏방울이 튀었다. 그의 뒤를 쫓아 계곡으로 횃불들이 무리 지어 올라왔다. 그는 절망한 눈으로 나를 바라봤다. 그가 만약 나와 눈을 맞추고 자기 심정을 전하고 싶었다면 그는 잘했다. 내 눈은 한순간도 놓치지 않고 그를 지켜봤다. 젊은 사내들의 고함이 숲을 쩌렁쩌렁 울렸다. 젊은 사내들은 일어설 힘도 없는 그를 쓰러뜨리고 몽둥이찜질을 했다. 멍석 같은 최소한의 완충장치도 없었다. 젊은 사내들은 그를 은혜도 모르는 인간 백정, 겁간하고 살해한 자라 부르며 얼굴에 침을 뱉었다.

그 사내는 내 발밑에 묻혔다. 사내들은 자기들이 입을 다물면 그 일이 영원히 잊힐 거라 믿었다. 하지만 내가 봤고, 나는 증언한다. 그의 살덩이와 골수는 녹아내려 내 이파리와 줄기들로 흘러들었고 짙은 갈색으로 내 나이테에 새겨졌다.

사람들이 사람만 묻는 건 아니다. 한 아이는 남색 보자기에 꽁꽁 싸맨 책 꾸러미를 묻었다. 빳빳하게 풀을 먹이고 잘 다려진 남색 웃옷을 걸치고, 기름을 발라 가르마를 탄 단정한 아이였다. 아이는 애늙은이 같은 표정으로 나를 바라보더니 한숨을 길게 쉬었다. 그러고는 무릎을 꿇고 조심스레 보자기 꾸러미를 내려놓았다. 아이는 근처에 놓인 길고 날카로운 돌로 내 발밑의 흙을 파기 시작했다. 아니, 거기는 임자가 있단다. 나는 이파리를 흔들었다. 아이야, 거기는 젊은 여자가 제 남편한테 죽임을 당해 묻힌 자리란다. 나는 마른 가지 하나를 아이의 정수리에 떨어뜨렸다. 거기서 한 뼘만 더 파면 젊은 여자의 치마끈이 보일 거다. 내 말을 들었는지 아이는 흙 파기를 멈췄다. 어깨가 축 늘어졌다. 아이는 보자기를 풀고 책을 꺼내 한 권씩 펼쳐보았다. 작별 인사하듯 한 페이지씩 넘겨보았다. 아이는 다시 보자기로 빈틈없이 책들을 동여매고는 단호한 손놀림으로 그것을 묻었다. 그러고는 서툰 솜씨로 봉분까지 만들었다. 숲을 떠나면서 아이는 몇 번이나 책 무덤을 돌아보았다.

나는 아이가 다시 한번 숲을 찾아왔던 것을 기억한다. 시체가 아닌 다른 물건을 묻은 건 아이가 처음이었기에 나는 아이를 잊지 않았다. 남루한 쥐색 정장에 고무신을 신은 중년 사내가 숲에 들어섰다. 머리만은 기름을 발라 단정했다. 사내는 긴 나뭇가지를 들고는 여기저기 나무들 아래를 쿡쿡 찔러봤다. 숲은 용케 잘 찾아 왔지만 나를 기억하지는 못했다. 책 꾸러미가 묻힌 작고 귀여운 봉분은 비와 바람에 씻겨 사라진 지 오래였다. 사내는 내 발밑도 쿡 찔러봤다. 그러고는 뭔가 느낌이 있는지 손을 멈추고 잠시 정색했다. 그게 다였다.

　사람들이 시체만 묻는 것도 아니었다. 한 소녀가 엄마 아빠의 손을 잡고 산을 올랐다. 계곡 아래에 첫 번째 아파트 단지가 들어섰을 무렵이었다. 그들 가족은 적당한 나무를 찾는 듯 두리번거리더니 내 앞에 와서 가방을 내려놓았다. 아빠는 가방에서 모종삽을 꺼내고 검은 털과 흰 털이 뒤섞이고 두 귀가 치렁치렁한 개 한 마리를 꺼냈다. 아빠는 쭈그리고 앉아 내 발밑의 흙을 파고는 개를 묻었다. 우는 사람은 없었다. 그들만의 조촐한 장례식이었다. 소녀는 무슨 일인지 제대로 이해하지 못한 표정이었다. 아빠가 사랑하는 개에게 작별 인사를 하라고 하자, 소녀는 이 숲에 새로 생긴 작은 무덤을 향해 손을 흔들었다. 엄마는 죽음의 의미에 대해 간단하게 교육을 했다. 아빠는 나뭇가지 두 개로 십자가를 엮어 꽂았고, 그들 가족은 짧은 묵념을 하고는 내 앞을 떠나 숲을 나갔다.

나는 불평을 하지 않을 수 없다. 사람들은 자기 발밑에 시체가 묻히고 십자가가 꽂히는 기분을 모르는 걸까. 기분 더럽다. 재수가 없다.

계곡을 따라 등산로가 생기고부터는 부담스러운 사람들이 더 많이 찾아왔다. 연인들도 많았다. 그들은 다른 사람들처럼 등산로를 따라 산을 오르는 척하다가, 슬쩍 옆으로 빠져 이 숲으로 들어온다. 이 숲엔 길이 없다. 등산로는 계곡을 따라간다. 하지만 연인들은 잘도 이 숲을 찾아낸다. 그들은 내게 등을 기대고 앉아서는 요란하게 사랑을 표현한다. 속삭이고 입을 맞추고 서로를 핥는다. 그들도 역시나 아무도 자기네 애정행각을 못 보는 줄 안다. 그들의 몸부림에 내 허리가 휜다.

한 연인이 나를 찾았다. 남자는 잠을 설친 듯 피곤한 표정이었고, 여자는 멀리 떠나는 사람처럼 옷 단

21

속을 하고 있었다. 삶에 찌든 얼굴들이었다. 둘은 내게 등을 기대고 앉아 좋았던 날들을 회상했다. 가족 걱정도 했다. 여자는 무서워서 죽을 것만 같다고 했고, 남자는 이대로 숲속으로 숨어버리자고 했다. 결론은 나지 않았다. 그들은 고려해야 할 사항들이 너무 많았고, 그들의 삶은 젊은 만큼이나 무거웠다.

"이걸 가져왔어."

여자가 품에서 반질반질 윤이 나는 대모 빗을 꺼냈다. 그녀는 빗을 손바닥에 얹곤 남자에게 보여주었다.

"증조할아버지가 해변에 떠밀려 온 100년 산 거북이로 만든 빗이라는데, 그렇게까지 아까운 물건은 아닐 거야. 그냥 엄마가 장터에서 사 온 거겠지."

그러고는 여자는 두 손으로 대모 빗의 양쪽을 쥐고 힘을 줬다. 하지만 빗은 꿈쩍도 하지 않았다. 여자는 몇 번 더 힘을 줘보다 고개를 숙이고는 울음을 터뜨렸다. 남자는 어쩔 줄 몰라 하다가, 여자에게서 빗을 받아 들곤 대신 두 동강 냈다.

"우리가 다시 만나게 되면 얼굴을 못 알아볼지도 몰라. 사람은 빨리 늙잖아."

여자가 울면서 빗 반쪽을 건네줬다. 남자도 훌쩍였다.

"그래도 이 빗은 잊지 말자, 이 반쪽이 제 짝을 되찾을 날이 얼른 오라고 내가 매일 빌게."

그리고 둘은 지킬 수나 있을까 싶은 약속을 몇 개나 나눴다. 사랑은 변하고 맹세는 잊힌다. 어제 다르고 오늘 다른 게 사람의 신념이다. 내가 수백 년 동안 이 숲을 오가는 사람들을 보며 알게 된 사실이다. 그날 밤에 새들이 북쪽에서 전쟁이 터졌다는 소식을 물고 왔다.

연인들은 대개 끔찍하다. 시끄럽고 오글거리고 세상에 자기 둘밖에 없는 듯 행동한다. 최악의 연인은 사랑을 기념하겠다며 내 몸에 흠집을 내는 것들이다. 그들은 하트 모양 하나 제대로 새기지 못했다. 제 이름 하나 바르게 쓰지 못했다. 그런 흉터는 10년이면 새 목피에 묻혀 사라지지만 내 고통만은 그대로 남는다. 200년 300년 전에 난 칼집들이 나는 아직도 쓰리고 아프다. 부디 그들의 하찮은 사랑도 더욱 하찮아져서, 더럽고 쓰라린 결말을 맞았기를.

23

사람들은 나한테 한 끔찍한 짓들을 같은 사람에게도 한다. 내가 다 봤다. 한 가족이 숲을 찾았다. 여자 어른 다섯, 남자 어른 셋, 아이가 하나 있었다. 신록의 계절에 어울리지 않게 옷차림은 흑백 일색이었다. 그들이 나를 둘러쌌다. 한 여자가 앞으로 나와 작은 도자 항아리를 열고 내 발밑에 약간 어두운 빛깔의 흰색 가루를 뿌렸다. 여자들은 울었고 남자들도 울상이었다.

　한 사내만 예외였다. 초로의 그 사내는 무리에서 약간 뒤로 물러나 있었다. 고개를 빳빳이 치켜들고 따가운 봄 햇살을 온 얼굴로 받고 있었다. 두 뺨은 홍조로 물들어 있었다. 그는 그 뒤로 1년에 한 번, 검은 장미 한 송이를 들고 숲을 찾았다.

　"여보, 나 승진한 거 알지? 당신은 이미 알고 있을 거야. 살아 있을 때도 그랬으니까. 근데 5층 여직원들이 3층 여직원들보다 두 배는 더 예쁘다는 거까지는 모를걸? 로비에서 마주칠 때마다 저 예쁘고 섹시한 여자들은 어디에 근무하는 거야, 했거든. 승진하니까 알겠더라고, 섹시할수록 대표 방하고 가까운

책상을 차지한다는 걸. 더러운 놈이라고? 아하하, 더
러운 놈이 장미 한 송이 바칠게. 검은 장미의 꽃말이
뭔지 알아? 알겠지, 당신은 모르는 게 없으니까."

그 사내는 올 때마다 검은 장미를 가져와 내 발밑
에 놓았다. 죽은 아내의 뼛가루는 이미 다 흩어져 사
라졌으니, 나한테 검은 장미를 바치는 셈이었다. 기
분 잡친다. 겁탈하듯 장미를 검게 개량해서는 인간이
제멋대로 갖다 붙인 꽃말은 원한이고 증오고 이별이
었다.

"여보, 열다섯 살 연하랑 사귀는 기분 알아? 얼마
나 예쁘고 싱싱한지. 얼굴보다 보지가 더 예쁘다니
까. 보지, 당신이 평생 입에 올리지 않던 단어. 어찌나
잘 익었는지 밤낮으로 빨고 싶다니까, 하하. 돈은 좀
들지, 그년이 입이 고급이라 호텔 레스토랑 아니면
저녁을 안 먹으려고 한다니까. 언제 한번 데려와 볼
까, 당신이 좀 보고 날 품평하듯 한번 품평해 보라고
아니, 당신 그럴 입이 없던가?"

사내는 올 때마다 자기가 요즘 어느 마사지 숍을
다니고, 섹스 파트너는 몇 명이고, 아들 또래 여자아

이들의 시세는 어떻고, 그보다 더 어린 여자아이들은 어떻게 구하고 하는 역겨운 레퍼토리들을 자랑스레 늘어놓았다. 자기 말을 아무도 듣지 않는 줄 알았다. 그는 회사에서 퇴직하던 해까지 그 짓을 반복했을 것이다. 새 아내를 데려오기까지 했다. 그는 망처의 뼛가루가 뿌려진 나무라는 이야기는 한마디도 하지 않고, 내 앞에 돗자리를 깔고 김밥에 불고기에 참외를 깎아 새 아내와 맥주를 마셨다. 나는 사내가 지금까지 들려줬던 고백을 큰 소리로 일러바치고 싶었지만 어리석은 인간이 나무의 말을 알아들을 리 없었다.

사내는 병자의 몰골로 망처에게, 내게 마지막 인사를 하러 왔다. 웬일로 장미는 없었다. 무슨 투자를 잘못해서, 퇴직한 마당에 빚더미에 올랐다고 털어놨다. 그러고는 사기꾼 친척이 아니라 망처를 탓했다. 욕지거리를 뱉으며 내가 이 꼴이 되니 즐겁냐고 죽은 아내에게 소리를 질렀다. 기쁘지? 아주 즐거워 죽겠지, 이년아! 하고 숲이 떠나가게 고함을 쳤다.

그 사내는 그래도 덜 미친놈이었다. 진짜 미친놈

도 있었다. 한 사내가 가죽 서류 가방을 든 채 개를 한 마리 끌고 숲에 들어섰다. 그러고는 다짜고짜 내 앞으로 오더니 쭈그리고 앉아 흙을 파기 시작했다. 그가 데려온 개는 컹컹 짖으며 사방을 뛰어다녔다. 잿빛 털이 곱슬곱슬하고 다리가 아주 긴 개였다. 흙을 한 뼘 정도 파낸 다음 사내는 가방을 열고 쇼핑백을 꺼냈다. 그러고는 쇼핑백에서 검은 비닐봉지를 꺼내고 다시 검은 비닐봉지에서 흰색 비닐봉지를 꺼냈다. 흰색 비닐봉지는 분홍색으로 물들어 있었다.

사내가 흰색 비닐봉지에서 꺼낸 것은 사람의 일부였다. 아직 핏물로 미끈거렸다. 까마귀가 날아와 그것을 보고는 사람의 아기집이라고 알려줬다. 나도 보자마자 알았다. 내 발밑에서 낱낱이 해체되어 간 사람과 동물의 수는 헤아리기도 어렵다. 피부가 녹아내리면 그 아래서 질긴 근육으로 이뤄진 장기들이 드러났다. 그중에는 수컷에게는 없는 장기도 있었다.

사내가 꺼낸 것이 그 암컷만의 장기, 아기집이었다. 그는 아기집을 잠깐 만지작거리다가 흙구덩이에 던져넣었다. 그러자 주위를 맴돌던 그의 개가 잽싸게 달려와, 그 기다란 주둥이로 냉큼 아기집을 물고 달아났다. 그는 비명을 지르며 개를 뒤쫓아 달렸다. 개는 아마 놀이라고 생각했을 것이다. 주인이 자기 입에서 빼앗기 전에는 아기집을 놓지 않을 생각이었을 것이다. 그의 체력은 개의 반의반도 못 됐다. 개는 신나서 숲을 두 바퀴나 돌고는 무슨 일이 벌어졌나 보러 온 검은 털의 들개에게 아기집을 넘겨주었다.

사내는 망연자실한 얼굴로, 아기집을 씹어 삼키고 있는 들개를 바라봤다. 들개는 주둥이 주변에 묻은 핏물까지 말끔히 핥아먹고는 사라졌다. 그의 개는 꼬리를 살랑살랑 흔들며 그에게 다가가 손을 핥았다.

∞

사람들이 이 숲을 위기로 몰아넣었다. 내가 이 숲에 뿌리를 내리고 살아남았다는 확신이 들었던 이후로 가장 고통스러운 위기였다. 하늘에서 새들이 사라졌다. 들개들이 어리둥절한 얼굴로 낑낑대며 굴에서 나왔다. 바람은 전에 맡아본 적이 없는 냄새를 실어 왔다. 땅이 울렸다. 아주 먼 데서 땅 거죽을 타고 전해지는 울림이었다. 거인이 지하에서 거꾸로 선 채 한 발 한 발 다가오는 것만 같았다.

숲의 어떤 나무도 그 일들이 무엇의 전조인지 알지 못했다. 우리는 바람과 새와 산짐승들의 친구이고 수천 개의 눈과 귀를 달고 지상의 어떤 동물들보다 키가 컸지만, 숲 바깥으로는 나가본 적이 없었다. 씨앗을 숲 밖으로 부지런히 보내기는 하지만 한 번도 우리 자신이 나가본 적은 없었다. 숲 바깥의 소식을 친구들이 열심히 전해주기는 하지만 한 번도 우리 자신이 직접 보거나 들은 적은 없었다.

나는 대모 빗을 꺾어 반쪽씩 나눠 가진 연인을 떠올렸다. 북쪽에서 온 새들이 전쟁이 터졌다고 했던 것을 기억했다.

《전쟁이 뭔데?》

나보다 일찍 숲에 뿌리를 내린 나무들도 전쟁이 뭔지 몰랐다. 나도 전쟁을 몰랐다. 전쟁을 아는 늙은 나무들이 있긴 있어서 이파리를 흔들었다. 하지만 그들이 아는 전쟁은 우리가 곧 알게 될 전쟁과 같은 전쟁이 아니었다.

"전쟁은 뿔 달린 투구를 쓴 괴상한 사람들이 창과 칼을 들고 괴성을 지르며 뛰어다니는 것이지."

늙은 나무가 말하자 또 다른 늙은 나무가 회상했다.

"그 괴상한 사람들이 동네 사람들을 한 무더기 끌고 왔어. 한 사람이 도망가려다 붙잡혔는데, 무릎을 꿇려놓고 칼로 목을 베어버렸어. 밤중에 동네 사람들이 올라와 숨죽여 울면서 머리를 붙여서 내 발밑에 묻었어."

그 나무는 그게 언제 적 일인지도 기억하지 못했다. 다른 나이 많은 나무가 한탄했다.

"사람들은 어쩌라고 자꾸 우리 발밑에 시체들을 가져다 묻는 거야!"

우리가 전쟁이 무엇인지에 대해 의견을 나누고 있는 동안에도 땅속을 쿵쾅거리며 거인의 발소리가 다가오고 있었다. 우리는 그 발소리에 귀를 기울였다. 곧 불덩이가 구름을 가르며 곤두박질치더니 숲에서 가장 늙은 향나무를 반으로 갈라버렸다. 향나무는 숲을 휩쓴 네 번의 큰불에도 살아남은 나무였다. 폭

발음이 숲을 들었다 놨다 했다. 열기가 사방으로 퍼지더니 우리의 눈과 귀와 입을 태워버렸다. 멀리 떨어져 있던 내 이파리 수백 개도 불길에 우그렁쭈그렁해졌다. 충격파로 온몸이 부러질세라 휘청거렸다. 체관과 물관들이 순식간에 말라붙고, 부풀다가 터져버렸다. 불길이 뿌리를 타고 내 몸 안에서 활활 타올랐다.

고통을 견디며 떨면서 정신을 차렸을 때, 숲 전체에 꽃비가 내리고 있었다. 폭발에 꽃들이 공중 높은 곳으로 말려 올라갔다가 떨어져 내리고 있었다. 꽃들이 하얗고 파랗고 노란 비가 되어 떨어져 내리고 있었다. 내리면서 많은 꽃에 불이 붙어 불꽃이 되었다. 꽃비가 불비가 되어 숲을 뒤덮었다. 채 숲을 빠져나가지 못한 하늘다람쥐들이 이 나무 저 나무로 날아다녔다. 꼬리에 불이 붙은 삵이 미친 듯 맴을 돌았다. 들개는 불덩이가 되어 나무에 머리를 들이받았다. 꽃과 함께 새들도 불비가 되어 떨어졌다. 바람은 불처럼 뜨거워져 쏜살같이 하늘로 빠져나갔다. 나는 망연자실해서 불비가 내 발밑을 태우는 것을 바라봤다.

내 발밑에 내가 묻힐 차례였다.

반이나 타버린 숲에 군홧발 소리가 요란했다. 군인들이 바싹 타버린 나뭇가지, 흙덩어리들을 밟아 으깨고 으스러뜨리는 소리였다. 군인들이 북쪽에서 와서 남쪽으로 행군해 내려갔다. 다른 군인들은 남쪽에서 와서 북쪽으로 행군해 올라갔다. 그러는 사이사이 비행기들이 나타나 하늘을 쭉쭉 잡아 찢다가 사라졌다. 빗방울에서조차 화약 냄새가 나고 시체는 없는데 시체 썩는 냄새가 숲의 대기에서 진동했다. 계곡 아래 동네 두어 개가 사라졌다. 나는 살아남았다.

사람들은 여러 방식으로 우리를 학살했다. 사람들이 몰려와 민둥산에 나무를 심는다고 하면서 인간의 질서를 심었다. 그것을 조경 사업이라고 했다. 조경 계획서에 없는 나무는 뽑혀서 산 아래로 끌려갔다. 사람들이 몰려와서 도끼로 패고 톱질을 하고 곡괭이로 뿌리를 파냈다. 숲의 형제자매, 이웃들이 사라지고 빈 구덩이에 어린나무들이 심겼다. 나는 살아남았다. 인간의 질서 아래 숲은 번성했고, 다람쥐와 고라니가 다시 숲에서 가족을 이뤘다. 계곡 아래로도 동네들이 재건되어 밤을 밝혔다.

　사람들은 본분을 되찾았다. 다시 나무들 아래 시체를 묻기 시작했다. 이제 숲에는 큰 나무가 몇 남지 않았기에 내 발밑이 즐겨 찾는 장소가 되었다. 한번은 큰 난리가 난 적도 있었다. 어느 달 밝은 밤에 한 사내가 커다란 여행 가방을 질질 끌고 숲에 들어섰다. 그는 기진맥진해서는 주저앉았고, 부들부들 떨리는 손으로 담배를 피워 물었다. 여기는 길도 없어, 씨팔, 하며 욕지거리를 내뱉다가 한밤중이 되어서야 겨우 엉덩이를 털고 일어났다. 바람이 스치고 지나가면서 내게 저놈이 기억나지 않느냐고 물었다. 저놈이 어렸을 때 계곡 아래 아파트 단지에 살았다고 했다. 숲에 학교 친구들을 데려와 기절할 때까지 패곤 했다고 했다. 개며 고양이를 잡아 와 나뭇가지에 목을 매달았다고도 했다. 그러고 보니 기억이 나는 듯도 했다. 하지만 그런 놈이 어디 한둘이어야지.

　사내는 주변을 살피다가 결정했다는 듯이 내 앞으로 여행 가방을 끌고 왔다. 그러고는 군인들이 쓰는 야전삽을 꺼내 펴고는 내 발밑을 팠다. 여행 가방에서 비닐봉지에 넣어 둘둘 만 사람 팔 하나와 다리 둘을 꺼내 묻었다. 발로 흙을 다지며 담배를 피웠다. 다른 팔 하나와 작은 몸통 조각은 숲 북쪽 잣나무 아래 묻었고, 남은 큰 몸통 조각은 남쪽 소나무 아래 묻었다. 그는 작은 봉분을 하나 만들 때마다 담배를 피워 물고는 한 맺힌 눈으로 하늘의 은하수를 쳐다봤다.

난리가 난 것은 그리고 한참이 지나서였다. 등산로도 없는 이 숲에 전쟁 때 말고는 사람이 그렇게 많이 들어온 적은 없었다. 사람들은 그 사내를 포승줄로 묶어 숲 한가운데 끌어다 놓고는 진실을 말하라며 다그쳤다. 사내는 이 나무 저 나무를 가리켰다. 경찰들이 삽으로 우리 발밑을 파헤치기 시작했다. 우리 발밑은 유린당했다.

경찰은 자신들이 캐내길 바랐던 진실보다 훨씬 더 많은 진실을 숲에서 찾아냈다. 그들은 희생자 한 명분의 진실을 파내기를 원했지만, 숲에는 이루 헤아릴 수 없을 만큼의 진실이 묻혀 있었다. 더 많은 사람이 휘둥그레 놀란 눈을 뜨고 숲으로 몰려들었다. 길도 없는 숲까지 차량을 끌고 들어와 밤새도록 조명을 켜두었다. 하늘에선 헬리콥터 소음이 들렸다. 사람들은 숲에 널따란 비닐을 깔아놓고 자신들이 캐낸 진실들을 일렬로 늘어놓았다. 삽들이 밤낮없이 진실의 뼈들을 파냈다. 이웃 숲에 사는 들개까지 구경을 와서는 컹컹 짖었다. 사람들은 플래시를 펑펑 터뜨리며 사진을 찍었다. 얼마나 많은 진실들이, 사람들이 사람들에게 저지른 죄악의 증거들이 드러났는지, 사람들은 몸서리치며 며칠 밤을 밝혀야 했다.

그렇지만 대부분의 뼈는 무시당했다. 서로 짝이 맞지 않았고, 또 너무 오래되었기 때문이다. 사람들은 너무 많은 진실은 원치 않았다. 그들은 자기들이 감당할 수 있는 만큼의 진실만을 찾았다. 하지만 내가 모두 말해줄 수 있었다. 나는 나이테를 오백 개나 품은 나무다. 내가 모든 것을 봤고, 모든 것을 증언해줄 수 있다.

사람들이 숲에서 뼈들을 다 파 간 다음에도 사람들은 시체를 묻으러 왔다. 아마 그게 인간종의 고유

한 숨속이 아닐까? 시간이 가면서 숲도 차츰 민둥산이 되어가고 있다. 큰비가 쏟아져 오래 묵은 땅거죽을 한꺼번에 벗겨가더니, 다음 두 해 동안은 열파가 몰아쳐 너무 어리거나 너무 늙은 나무들을 장작처럼 바싹 말려버렸다. 그런 식으로 한 세대가 지나자 숲은 더는 새로운 나무가 뿌리내릴 수 없는 토질이 되어버렸다. 황무지 가운데 솟은 메마른 언덕이 되었다. 사람들도 더는 계곡에서 이쪽으로 발걸음하지 않았다. 산짐승들도 숲을 떠났다. 다람쥐나 들개들에게 이곳은 너무 먹을 것이 없었고 너무 뜨거웠고 너무 숨을 곳이 없었다. 우리는 내줄 게 없었다. 우리에겐 그늘조차 없었다. 용케 살아남은 새들만 잠시 앉았다 날아갔다. 우리에게 남은 친구는 바람뿐이었다.

얼마 전에 젊은 부부가 숲을 찾았다. 얼마나 오랜만의 사람인지 반갑기까지 했다. 부부는 한때 숲이었던 헐벗은 언덕을 둘러보다가 내게 다가왔다. 그늘이라기엔 민망할 정도였지만 내겐 아직 그 비스름한 것이 있었다. 그들은 내게 등을 기대고 앉았다.

　"꽤 오래된 나무 같지?"

"여기 적혀 있잖아, 수령이 550년 추정이라고."

여자가 내 앞에 꽂힌 빛바랜 표지판을 가리키며 말했다.

부부는 어딘지 모르게, 전쟁이 터졌을 때 이 숲을 찾았던 젊은 부부를 떠올리게 했다. 그들만큼 젊고 그들만큼 비루하고 그들만큼 굶주렸고 그들만큼 슬퍼 보였다.

"이거."

여자가 주머니에서 은박지로 싼 먹다 남은 초콜릿을 꺼냈다.

"아냐, 자기 먹어." 남자가 눈을 빛내며 고개를 저었다.

여자는 은박지를 벗기고 반을 잘라 남자에게 건넸다.

"먹고 죽은 귀신은 때깔도 곱대."

둘은 초콜릿을 우적우적 씹어 먹었다. 그들 앞으로, 몇 줄기 푸릇푸릇함이 남아 있는 회전초가 굴러지나갔다. 일대가 황무지가 되면서 새롭게 나타난 풀뭉치였다. 흙먼지 바람과 함께 여기저기 굴러다녀서,

이 숲에 살짝 활기를 불어넣고 있었다. 바람의 울퉁불퉁한 요철이 그들의 길이었다. 잠시 후 두 번째 회전초가 나타나서 젊은 부부의 왼편으로 굴러 내려갔다.

젊은 부부는 가만히 앉아 있는 것 말고 다른 할 일이 없는 것처럼 보였다. 그들은 물조차 마시지 않았다. 회전초처럼 그들의 얼굴도 지는 태양 아래 쇠잔한 빛을 냈다. 회전초처럼 사그라드는 빛을 냈다. 라이터를 그으면 확 타오르긴 하겠지만 그 정도 불꽃으로는, 어디로도 번져가지 못하고 금방 생을 마칠 것이었다.

"자기도 줘?"

여자가 작고 귀여운 스테인리스 알약 통을 꺼내 흔들었다.

"그러려고 온 거 아냐?"

"정말 줘?"

"우리가 종말이 무서운 게 아니잖아. 일찍 죽는 게 덜 고통스러울 거라는 판단을 내린 거지."

둘은 약통에서 노랗고 매끈한 알약들을 꺼내 반씩 나눠 손에 쥐었다. 그러고는 눈 깜짝할 새에, 이파리를 흔들어 말릴 틈도 없이, 입에 털어 넣고 꿀꺽 삼켜버렸다. 둘은 배를 움켜쥐고 데굴데굴 굴렀다. 고통은 짧았다. 언제나처럼 바람과 비와 벌레들이 그들을 내 발밑에 장사 지내줄 것이다. 나 역시 이 세상에 어떤 일이 닥칠지 잘 알고 있다. 그렇지만 나는 젊은 부부처럼 스스로 목숨을 끊을 아무런 수단도 갖고 있지 못하다. 전쟁조차 날 죽이지 못했다. 그 정도로 나는 쉽게 죽지 않는 나무다.

그러니 종말이 닥쳤을 때 내 고통이 얼마나 대단할지 상상조차 할 수 없다. 어떤 고통도 날 죽일 수 없으니 모든 종류의 고통을 묵묵히 받아내야 한다. 그저 그때를 생각하는 것만으로도 내 뿌리 끝이 오그라들고 이파리들은 빛을 잃는다.

공포는 현실에

이번 소설에도 썼지만, 세상에서 가장 무서운 건 사람이고 나를 항상 오싹하게 만드는 것도 사람의 행동이다. 최근의 일. 지난 5월 20일에 서울시청 옆 도로에서 '10.29 이태원 참사 200일 시민추모대회' 가 열렸다. 사건의 상징성이나 경중을 보면 이 추모 대회는 바로 옆 서울광장에서 열렸어야 했다. 하지만 서울광장에선 무슨 책에 관련한 행사가 열리고 있었 고, 시민들이 쿠션에 반쯤 누운 자세로 일광욕을 즐 기며 책을 읽고 있었다.

이태원 참사는 서울시의 책임도 적지 않다. 하지 만 서울시는 유가족들이 시청 외벽 한쪽에 추모 공 간을 만든 것도 불법이라며 벌금을 물리겠다고 엄포 를 놓고, 추모대회는 무슨 잘못이라도 저지른 사람 들처럼 그 옆 좁다란 차도에서 진행되도록 만들었다.

집회 내내 암담한 기분이었다. 유가족들이 단상에서 울분을 토해내는 그 순간에도, 서울시와 정부는 책임을 규명하기는커녕 유가족들을 입 다물게 하고 자신들의 시야에서 영영 지워버릴 궁리를 했을 것이다. 이게 공포 소설의 한 장면이 아니면 뭐겠는가.

　나는 무서움을 잘 타지 않는다. 공포 영화나 소설도 잘 보고, 남들이 잘 가지 않는 여행지도 혼자 잘만 다닌다. 귀신이나 오컬트 현상도 믿지 않는다. 딱히 뭘 무서워했던 기억은 없다. 하지만 사람을 해치는 것은 항상 사람이고, 사람이 만든 제도이고, 사람과 사람 사이를 엮어놓은 불평등한 관계라는 것 정도는 안다. 그런 것들이 사람을 끔찍한 지경에 빠뜨리고, 고통스럽게 하고, 최종적으로 죽음으로 몰아넣는다. 지금 이 나라에서는 한 시간에 한 명씩 스스로 목숨을 끊고 있다. 무섭지 않은가? 공포는 현실에, 이 사회에, 소설의 바깥에 있다. 우리는 어쩌면 그 같은 진짜 공포에서 도망치기 위해 책에서, 영화에서 공포를 찾고 있는지도 모른다.

소설집 《16믿거나말거나박물지》《장원의 심부름꾼 소년》《혀 끝의 남자》《수림》, 장편소설 《헤이, 우리 소풍 간다》《내가 사랑한 캔디》《불쌍한 꼬마 한스》《목화밭 엽기전》《러셔》《죽은 올-뼤미 농장》《공포의 세기》《교양과 광기의 일기》《해피 아포 칼립스!》《버스킹!》《플라스틱맨》, 산문집 《리플릿》《아바나의 시민들》《헤밍웨이: 20세기 최초의 코즈모폴리턴 작가》《러시아의 시민들》《이해할 수 없는 아름다움》《과거는 어째서 자꾸 돌아오는가》가 있다.

한은형

절담

이 글은 내가 한 번도 써본 적 없는 이야기다. '나'
가 나오는데 그 '나'가 실제의 나인 이야기. 너무 쉬
운 게 아닌가 싶어서 쓰지 않았다. 쉽거나 뻔한 건 지
긋지긋하고, 지긋지긋한 건 잘 견디지 못하겠어서.
또 쓰는 사람이 결말을 알고 쓰는 이야기란 어딘가
맥이 빠져 있는 것이다. 더 솔직하게 말하자면, 나는
이야기를 잘하지 못하는 것 같다. 약삭빠른 편인지라
불리한 게임은 시작조차 하지 않으려는 습성이 있는
나는 어린 시절 공기놀이도 하지 않았다. 아이라는
존재들이 발산하는 천진한 악의와 눈에서 번뜩이는
호기심이 두렵기도 했지만.

사람들이 모인 자리에서 하는 이야기란 자신이
겪은 일이나 만난 사람에 대한 건데, 남들이 다 하는
걸 못 하는 게 나다. 쑥스럽기도 하고, 어떻게 말해

야 할지도 모르겠다. 어디서부터 어디까지 이야기해야 할지도 모르겠고, 무엇보다 형식. 형식이 문제다. 어떤 말로 시작할지, 두괄식으로 할지 미괄식으로 할지, 아니면 병렬로 하는 게 좋을까? 사람들이 했던 말은 직접 인용하는 게 좋을까 간접 인용하는 게 좋을까라고 생각하다가 결국은 안 하게 된다. 그게 뭐 그렇게까지 할 만한 이야긴가 싶어 심드렁해지는 것이다. 나름의 고충과 애환이 나에게도 있었겠지만 엄청난 경험이나 고생을 한 건 아니라서. 내가 아는 대단한 이야기라는 건 늘 책에 있었다. 나의 부친인 한동수 씨도 말하지 않았던가? 네가 한 경험이라는 게 거의 간접경험 아니야? 다 책에서 본 거지 네가 한 건 없잖아라고

가끔은 나도 이야기를 한다. 그럴 때 웃는 사람들이 있다. 배가 아프다거나 눈물을 흘릴 정도로 웃기다고 하기도 한다. 이야기를 꺼리는 나지만 반응해주는 이들에게 호감을 갖지 않을 정도로 비뚤어지지는 않았다. 왜 이렇게 재미있느냐고, 정말 이야기꾼이라고 누군가가 말한다. 나는 말한다. 제가요? 그러

고는 생각하는 것이다. 우하하 웃어버리는 건 내가 생각하는 진짜 이야기가 아닌데. 진짜 이야기가 뭔데? 전율하게 되는 것. 전율? 이 시대에 그런 게 있어? 아니, 이 시대가 그런 걸 원해? 아니, 그게 아니라면 약간의 소름 정도라도.

내가 겪은 일에 대해 이야기하기로 하고, 지금부터 그러겠다고 곧이곧대로 말하는 것은 달리 방법이 없기 때문이다. 이래야 성립하는 이야기라서. 그 이야기가 나한테 싫어도 그럴 수밖에 없을걸 하며 날름 내미는 혀가 보인달까. 분하지는 않다. 나도 이 이야기가 하고 싶으니까. 아직 누구에게도 한 적이 없는 이야기이기도 하다.

내 소개를 먼저 할 필요가 있겠다. 소설가라는 게된 지 10년쯤 되어가는 나는 흔히 볼 수 없는 사람들을 만날 일들이 있다. 혼자 살기에 시간이 자유로운 편이라 더 그런지도 모르겠다. 길에서 만난 어떤 남자가 내 글을 읽었다며 교외에 있는 별장에 초대했을

때 아는 시인과 가서 하룻밤을 자고 온다든가 하는
것도 그래서 그럴 수 있었다. 내게는 약간의 능력이
있다. 그런 일들의 세부를 상세히 기억하는 능력이.
얼굴과 이름과 지명과 관련된 고유명사를. 모든 일에
서 기억력이 비상한 건 아니다. 내게 있는 약간의 능
력이란, 다분히 선택적이다. 선택적 기억상실증 또한
뛰어나다는 말이다. 어떤 부분에 대해서는 전혀 기억
하지 못해서 그 일을 같이 겪은 사람들이 서운해하는
일도 많다. 어떤 걸 기억하고 어떤 걸 기억하지 못하
는지, 내 기억의 메커니즘에 대해 나도 잘 모르겠다.
메커니즘 같은 거창한 게 있는지 모르겠지만.

이를테면 구 동독 출신으로 김일성 장학금을 받
아 김일성대학에 유학했던 독일 남자라든가 김일성
의 장수를 위해 조직되었던 연구 기관의 연구원이나
개고기를 식용으로 애호한다는 프랜시스 베이컨 수
집가, 5공 시절(이 글을 읽게 될 분들 중에 이 단어를 아
는 사람이 얼마나 될지 모르겠다) 칠공자로 악명 높았
던 어떤 남자나 이 남자가 사주였던 재벌 그룹 앞에
서 크레인에 올랐던 '투사' 등과의 만남은 똑똑히 기

억하고 있다.

불쾌한 일을 겪기도 한다. 굳이 악수를 청하더니 악력을 과시하며 존재감을 묻히는 자도 있고, 번역된 게 뭐가 있냐고 묻거나(없다), 더 심한 경우는 작가 활동을 하면서 가장 많이 올린 월수입이 얼만지 묻기도 한다. 나는 그저 싱긋 웃는다, 고 말할 수 있다면 좋겠지만 그러지 못한다. '너는 좆이 작겠구나' 같은 말을 눈으로 해주는데, 불행인지 다행인지 알아듣지 못하는 것 같다.

그 스님도 그렇게 만났다. 아는 기자가 스님을 만나는데 시간이 되느냐고 물었다. 나는 왜냐고 묻지 않았다. 소설가가 된 이후로 어느 정도 준비가 되어 있다. 낯선 사람을 만날 준비, 불쾌감을 겪을 준비, 또 부친 한동수 씨가 말했던 것처럼 책에서 본 게 아닌 진짜 이야기를 만날 준비가.

"사찰 음식점에서 만나나요?"라고 문자를 보냈더니 "타코 먹자네요"라는 답이 왔다. 자기도 사찰 음식점에서 보냐고 물었더니 '중은 절밥만 먹어야 합니까'라는 말을 들었다는 이야기도.

스님은 사찰 음식의 대가라고 했다. 《뉴욕타임스》나 《워싱턴포스트》 같은 데서 한국 음식을 취재할 때 만나고 싶어 하는 단골 인터뷰이라고, 기자는 우리가 만난 자리에서 스님을 소개했다. 재미있는 자리 좋아하고, 모르는 거 빼고 다 알고, 먹는 거 좋아하는 소설가로 소개된 건 나였고

우리가 만나기로 한 타코집은 나도 아는 타코집이었다. 한 달 전에 예약해야 하고 예약하는 방식도 까다롭지만 가고 싶어 하는 사람이 많은 그런 집. 타코집 주인이 인스타그램에 다음 달 예약은 언제 받을지 불시에 공지하고, 그걸 숙지했다가 특정한 어플에 가입해 예약을 해야 했다. 그리고 1인당 7만 원인 세트 메뉴 하나만 주문할 수 있는 시스템. 듣기만 해도 피곤하지 않나? 이렇게까지 해서 가고 싶지는 않았던 타코집을 스님 덕에 오게 된 거다.

"나 좀 야속했네요."

스님이 하는 말은 내가 답해야 하는 말 같았지만 나는 그저 스님을 보았다.

"사찰 음식 먹자고 했다면서요? 나 이렇게 핫플

52

다니는 스님인데."

기자와 나는 웃을 수밖에 없었다. 명백히 '웃어주세요'라는 지시어다. 나는 핫플을 다니는 60대 후반으로 보이는 스님을 보고 있었다.

"제가 상상력이 부족했습니다."

상상력이 부족하다고 생각해 본 적은 없었다.

"그죠? 아무래도 그렇죠? 작가 양반이 그건 그렇죠?"

스님이 이 말을 하자 기자가 나를 보고 말했다.

"왜 같이 만나자고 한지 알겠죠?"

이렇게 현란한 화술을 구사하시는 스님은 아무래도 잘 볼 수 없죠, 라는 말을 하려다 참았다.

"남자끼리 한잔합시다, 자."

스님은 여자가 아니었나? 하긴, 스님들은 성별이 잘 구분되지 않긴 하지. 아무래도 비구니 스님 같은데. 이런 생각을 하는데 스님은 내게 잔을 내밀면서 "자기도 남자면서"라고 말했다.

"스님, 너무하시네요. 스님은 그렇다 치고 한 작가님은 엄연히 여성이신데."

기자가 이렇게 말하자 스님은 과카몰레에 타바스 코소스를 뿌리면서 이렇게 말했다.

"나 여혐이잖아."

스님은 여자가 아니었다. 본인의 생각과 주장에 따르면 그랬다. 본인이 명예 남성이라고 주장하는데 누가 무슨 수로 말린단 말인가. 이런 생각을 하는데 스님이 말했다.

"여자들이랑은 있기 싫어. 막 피곤해. 선생님, 여기 고수 좀 더 주셔도 되겠죠?"

"본심은 그렇더라도 어디 가서 그런 말씀 하시면 안 되는 거 아실 텐데 여기서 이러는 건 우리가 편해서 그러신 거죠?"

늘 그렇듯이 복문의 복문의 복문을 현란하게 구사하는 그는 타코를 먹는 데 어려움을 겪고 있었다.

"남성 되어야지. 남성 되세요. 탈코 하고 머리카락도 더 짧게 치고 우리끼리 연대하고."

판관이 선고라도 내리듯이 스님은 말했다.

"제가 왜……?"

"출세 안 할 거예요? 야심이 그렇게 없나? 여자

54

를 던지니 보이는 것들이 많아요."

"맵네 매워. 그나저나 이제 탈코르셋을 탈코라고 하나요? 스님, 힙스터셔."

이렇게 말하고 기자는 콜라를 시켰다. 멕시코 정통 식당이라 콜라는 없고 멕시코의 콜라라는 하리토스가 있다고 주인이 말했다.

"어그로를 끌어야 해. 막 논란을 만들어야 해. 지금 나처럼, 그리고 이 식당처럼 좀 피곤해야 돼. 내가 이거 알기까지 얼마나 걸렸게요?"

백주대낮에 이렇게 스님이 오신채를 드시는 것도 어그로의 일종이냐고 물으려다가 말았다. 마늘, 생강, 파, 부추까지만 알겠고 다른 하나는 모르겠어서.

"나 누군지 알겠어요?"

타코집을 나와서 헤어질 때 스님이 말했다.

"집에 가서 발 닦고 한번 잘 생각해 보세요. 제가 존경하는 시인이 그랬잖아요. 잘 보면 다르게 보이는 것들이 있다고."

이렇게 말하고 스님은 뒤돌아 걸어갔다. 그렇게 헤어지는 줄 알았는데 타코집 앞에 세워져 있던 흰색 BMW 530e의 문을 열더니 말했다.

"이걸 강남 쏘나타라고 한다죠? 파란색이 좋았는데 눈에 띌까 봐."

10년 전에 유행한 흰색 바탕에 베이지색 스웨이드 선이 장식된 마르지엘라 레플리카 스니커즈를 신은 걸로 보아 스님은 잘나간 지 10년은 된 듯했다. 두 달 후에 또 보자며, 본인이 '연쇄 약속마'라고 했다. 헤어질 때 다음 약속을 잡는 게 연쇄 약속마의 필수 자질이라며.

"도시락 가방처럼 특이한 가방을 메셨어"라고 기자가 말했다.

플라스틱 백으로 보이지만 스님은 램스킨으로 만든 발렌시아가 남성용 메신저백을 메고 있었다. 플라스틱으로 보였으면 좋겠어서 저 가방을 멘 스님의 의도는 성공한 것이다.

"아, 여자들 기 싸움. 맵다."

신문사에서도 여자들 때문에 힘들지만 오늘 유난

히 힘들었다며 "나 명예 여성 할까 봐"라고 덧붙여
서 "남자가 그러면 환대받죠"라고 나는 말했다.

"환영 아니고 환대?"

그는 입꼬리 한쪽만 올리면서 웃었다.

"연대…… 환대…… 이런 게 시대정신이죠. 잘
아시잖아요"라고 말하고 "저분, 사찰 음식 전문가
맞아요? 타바스코 엄청 뿌리시던데"라고 나는 의아
했던 것을 물었다.

"고기는 안 드시잖아요."

"요즘 또 힙하려면 고기 안 먹어야죠. 먹더라도
고기 먹는 걸 숨겨야죠."

그가 오늘 어땠냐고 물어서, 제 특별한 취향을 알
고 이렇게 해주시는 일들에 감사한다고 말했다.

"무슨 스님이라고 했죠? 스님 이름은 다 비슷해
서."

나는 이런 고유명사들에도 취약했다. 스님 이름이
나 암자 이름, 영미나 은혜, 혜빈같이 한때 흔했던 이
름을 인지하지 못했다.

"유심 스님."

내가 들어본 적이 없다고 유명하지 않은 건 아니겠지만 들어본 적 없는 이름이었다.

"진안에 구천사라고 있는데, 잘 모를 거예요. 전북에서는 큰 절인데 전국구로 유명한 절은 아니라서. 홍매가 유명한 절이 있어요. 사람들은 선암사 홍매만 알지 여기는 잘 모르는데, 여기 홍매가 더 홍매다워요."

"홍매다운 게 어떤 거예요?"

"검지."

"붉은 게 아니라?"

"검지."

"멋진 이야기네요."

정말 그렇다고 생각했다. 홍매에 별다른 생각이 없던 나도 기분이 이상해지는 걸 보니.

"유심 스님이 그걸로 떴잖아."

"홍매로요?"

"홍매에서 나는 매실로 장아찌랑 정과를 만든 거예요. 스토리텔링 전문가 하나 붙여서 상품 가치도 드높이고."

"심오한 이야기네요"라고 말하며 나는 고개를 끄덕였다.

"붉은 게 아니라 검다. 홍매는 붉은 게 아니라 검다! 구천사의 홍매를 이렇게 포지셔닝한 건 유심 스님이라는데, 본인 말씀이시라."

"감각 있으시네요"

기자는 고개를 끄덕이더니 이 말을 더했다.

"포장도 품격 있게 비단으로 싸고 명인명촌 같은 백화점 식품관에 납품하고 한정판 에디션 백 개로 시작했다고 했나? 구천사 홍매에 전설도 있다고 들었어요."

"오동나무 상자에 담아서?"

"그렇지."

전설이라는 말에 거부감이 든다는 걸 나는 숨기지 않았다.

"에밀레종도 아니고 무슨 전설? 새로 만든 거 아니에요? 옛날옛날에 구천사 홍매에 이런 일이 있었답니다, 라고요."

"한 작가님께서 진안 취재 가보시든가요"라고 말

한 후 자신이 아는 스님의 약사를 말하기 시작했다.

유명 요리 선생의 요리 수업에 들어간 게 시작이라고 했다. 요리 선생은 전직 푸드 스타일리스트이기도 해서 그쪽에서 영향력 있는 사람을 많이 알았고, 수강생의 면면이 화려했다고 한다. 재벌집 안주인도 있고, 어디 갤러리 관장, 명품 홍보사 대표, 인테리어 전문가, 금속공예 작가 같은 여자들과 어울리면서 스님은 서서히 달라졌다. 학습력이 매우 뛰어난 편이라 그녀들이 쓰는 어휘와 지식을 빠르게 흡수했고, 수완까지도 배워 절에서 파는 물건들을 미술관 굿즈 이상으로 만들어 자본을 마련했다. 그러고는 손님들을 초대해 음식을 내기 시작했는데, 5년도 안 돼 한 여성지 기자가 '사찰 음식의 대가'로 스님을 인터뷰했고, 스님의 독특한 캐릭터와 맞물려 정말 '사찰 음식의 대가'가 되었다.

나는 어깨를 으쓱하고는 말했다. "시대정신을 아시는 분이네"라고

"그러니까. 이게 다가 아니에요. 영어를 잘한대."

"하버드, 서울대 이런 데 나온 고학력자 스님이세

요?"

"아니, 저분이 불문관데 학교는 아는 사람이 아무도 없대요. 어느 날부터 영어 강습을 빡세게 해서 영어를 하게 된 거야."

"강습한다고 다 영어 잘하지는 않죠."

"대단한 분이죠. 쫄지 않고, 자신 있게 툭툭. 우리 음식 담당 기자가 그러는데, 그렇게 하신대요. 문법은 좀 틀려도."

별일 없으면 두 달 후에 스님과 보자며 기자와 나는 일민미술관 앞에서 헤어졌다.

"나 누군지 알겠어요?"

유심 스님이 이렇게 말했던 이유를 다음 날 아침에 알게 되었다.

그라인더로 커피콩을 갈다가 내가 20년 전 절에서 잠시 머문 적 있었다는 게 떠올랐다. 절에 한 달쯤 머무르면 소설을 시작할 수 있지 않을까라고 그때의 내가 생각했다는 것도 절에 머무르며 고시 공부를 하거나 소설을 쓴 사람들의 이야기를 책에서 보았기 때문일 것이다. 사이가 좋았던 적이 없고 서로 마음을 자주 상하게 하는 가족들이 있는 곳을 떠난다면 어디라도 좋을 것 같았는데, 절은 그런 곳 중 하나였다. 게다가 돈도 별로 들지 않고, 바라보기만 해도 마음이 트이는 나무들로 가득하지 않나라고 당시의 나는 생각했었다.

순진했었다. 절에서 지내고 나서 '절은 그런 곳이 아니다'라는 결론을 내렸다. 한마디로 절에 대한 기억이 좋지 않았다. 그 후로 절에 발길을 끊은 것은 아니다. 안개가 걷히듯이 환상이 걷혔을 뿐.

전라도였고, 전라도치고도 교통이 불편했고, 꽤 규모가 있는 절이었고, 산길을 한참 걸어 올라갔다는 정도가 기억났다. 밥이 유난히 맛이 없다는 게 특색이라면 특색이었다.

고기나 기름진 음식이 나오지 않아 그랬던 건 아니다. 나는 산채를 좋아해서 절에 갈 일이 있으면 웬만하면 절밥을 먹으려는 편이다. 내가 먹었던 가장 맛있는 다래순이나 초피잎장아찌, 가죽부각, 취나물

덮음은 절에서 먹은 것들이었다.

혼자는 아니었다. 절에 나를 데려간 애는 대학 시절의 친구였는데, 이 애와는 한참 전에 연락이 끊어졌다. 여행을 갔다가 길을 잃고 울고 있는데 스님이 절로 데려가 재워주었다고 했다. 자기에게는 은인 같은 분이라며 스님과 편지를 주고받는 사이라고도 했다.

갑자기 이 말이 떠올랐다.

"앞으로 해도 똑같고, 뒤로 해도 똑같아요."

들을 때도 이상하다고 생각했고, 이상한 말이라서 기억이 났다. 절에서 들었던 말이었다. 다음 장면도 이어졌다. 장면이 아니라 말이라고 해야 하나. 절의 스님은 '이영리'라는 이름을 예로 들면서 절의 이름에 대해 이야기했다. 앞으로 해도 이영리, 뒤로 해도 이영리라면서. 정작 절의 이름은 뭐였는지 기억나지 않았다.

'앞으로 해도 이영리, 뒤로 해도 이영리'를 네이버에서 검색했더니 어떤 블로그를 찾을 수 있었다. 블로그의 주인은 불자인 것 같았고, 절에 정기적으로 시주를 하는 사람으로 보였다. 스크롤을 내리다가 '앞으로 해도 이영리, 뒤로 해도 이영리처럼 앞으로 해도 암매암, 뒤로 해도 암매암'이라는 문장이 들어 왔다.

"유난히 붉은 암매암(暗梅庵) 매화의 암향(暗香) 이 스르륵 떠오른다."

그 포스트의 마지막 문장이었다.

암매암? 암매……암?

암매암은 절이 아니라 절에 딸린 암자였다. 진안 구천사의 암자. 진안 구천사만 듣고서는 유심 스님과 연관 짓지 못했다. 진안은 생소한 지명이었고, 구천 사 같은 단어는 내가 인지하지 못하는 종류의 것이 라 유심 스님이 구천사에 있다는 기자의 말이 바로 떠오르지 않았다. 암매암을 검색하다 보니 유심 스님 이 딸려 나왔고, 그제야 기자의 말이 생각났다. 매화 나무, 홍매, 매실, 붉음, 아니 검음, 품격, 비단 보자기 같은 것들도

내가 20년 전에 갔던 절은 구천사였고, 구천사의

암매암이었고, 대학 동기의 은인이라는 우리를 재워 준 사람은 유심 스님이었다는 결론에 이를 수 있었다. 진안이라는 곳에도 나는 간 적이 있었고 유심 스님은 나를 기억했고, 나는 기억하지 못했다.

구천사를 600년 만에(고려시대 말까지 위세가 대단한 사찰이었다고 한다) 다시 유명하게 만든 스님, 외부 출입을 삼간 채 암매암에서 20년 동안 사찰 음식 수련, 세계에 한국 음식을 알린 선구자, 음식으로 선(Zen)을 실천하는 여장부, 스타트업 스타일로 사찰의 부를 일구다, 사찰 음식의 구도자는 모두 유심 스님을 수식하는 말들이었다.

구천사 경내와 암매암 사진을 검색해 보았다. 서울남부터미널 홈페이지에도 들어가서 진안 구천사로 가는 행로를 복기해 보기도 했다. 하루에 다섯 대의 버스 편만 운행해 새벽에 출발할 수밖에 없던 일과 언제 없어져도 이상하지 않은 노선이라는 말을 기사에게 들었던 게 떠올랐기에.

서울남부터미널에서 진안으로 가는 직행 버스는 없었다. 전주로 가야 했고, 전주에서 다시 마이산 방향으로 가는 시외버스를 타고 두 시간 넘게 가야 했다. 확실하지는 않다. 지도를 보면서 기억을 되짚어 보니 이렇게 가지 않았나 싶다.

벌써 20년 전이라 확실하지는 않지만 구천사, 그러니까 암매암은 내가 갔던 데가 맞는 것 같았다. 그녀는 내가 아는 사람이었다. 아니면 알던 사람이라고 해야 하나.

우리는 오래전에 본 적이 있었다. 보기만 했던 것도 아니다. 며칠을 함께 보냈다. 하지만 기억나지 않는다. 절에서 있던 일을 기억하지 못하는 건 아니다. 시간이 지나 희미해진 부분이 많지만 어느 정도는 기억하고 있다. 사람이란 불쾌한 일에 대해서는 잊고 싶어도 잊지 못하는 존재인 것이다.

얼굴과 이름이 기억에 없다는 말이다. 그 절에서 있었던 스님과의 일들은 기억나지만 어떻게 그 스님이 유심 스님인 건지 얼떨떨했다. 스님의 얼굴과 이름을 누가 내 기억 속에 들어와 지웠거나 아니면 애초에 백지로 존재했다는 게 맞을 정도다.

유심 스님을 인터넷에서 검색하면 10년 전부터,

그러니까 그녀가 사찰 음식의 대가로 유명해진 순간
부터의 얼굴만 있다. 내가 만났다고 추정되는 시간대
의 유심 스님의 얼굴은 찾을 수 없었다. 찾는다고 해
도 내가 그 얼굴을 보고서 무엇을 알 수 있을까 싶었
지만.

하지만 정황상 유심 스님은 내가 본 그 스님이 맞
다. 암매암에 1995년에 들어가 20년 넘게 사찰 음식
을 수련했다고 하니 말이다.

내가 암매암에 갔던 건 2002년 무렵이었다. 암자
에는 비구니 스님이 한 명 있었다. 당시의 내가 비구
니 스님과 나누었던 이야기나 내가 느꼈던 감정들은
어제 본 유심 스님과 같은 사람에게 느꼈다고 하기
가 가능할까 싶은 것들이었지만.

그러니 유심 스님을 안다고 할 수 있을지, 또 그
사람이 정말 맞는지 확신할 수 없는 것이다. 학습 능
력이 매우 뛰어나 다른 사람들의 자질들을 흡수해
버린다지만 아무리 그래도 그렇지 20년이 지났다고
해서 완벽히 다른 사람이 될 수 있나? 20년 전의 나
와 지금의 나는 같은 사람이면서 동시에 다른 사람

이지만 여전히 나일 수밖에 없다고 느끼는데.

10년이면 강산이 변한다고 하지만 그렇게 먹기조차 힘든 밥을 냈던 절이 아무리 유명 요리 선생에게 배운다고 해도 한국 사찰 음식을 대표하는 곳이 될 수 있나 싶다. 그곳의 밥은 밥이 아니었다. 먹기 힘든 무엇이었다. 음식이라고 부른다면 음식에게 모욕일 정도인 무엇. 그런데 현재 유심 스님은 백 개에 가까운 장독들을 애지중지하는 사람이 되어 있는 것이다. 대체 암매암에, 또 유심 스님에게 무슨 일이 일어난 걸까.

나는 그녀를 본 적이 있었다. 그건 사실인 것 같았다. 유심 스님은 내가 만난 적 있는 사람이었다. 어디 만났다뿐인가. 나는 그녀의 암자에서 사흘인가 나흘을 묵었고, 그녀가 차려주는 밥을 먹었다. 정확히 말하면, 일하는 사람이 해주는 밥을 먹었지만.

유심 스님이라고 추정할 수밖에 없는 비구니 스님은 주방 일을 전혀 하지 않았다. 음식도 하지 않았고, 청소나 빨래도 하지 않았다. 이 모든 걸 했던 여자가 있었고, 여자에게는 초등학생 정도의 딸아이가 하나 있었다. 스님은 우리에게—앞에서도 말했듯이 친구와 둘이 절에 갔었다—그녀를 〈공양주 보살님〉이라고 부르라 했다.

거기에서 있던 일들이 하나둘씩 기억나기 시작했다. 너무 오래된 일이라 내가 잘못 기억할 수도 있고 다른 데서 보거나 들은 이야기와 섞였을 수도 있겠지만.

우리는 얼어버린 개울을 한참 바라보고 있었다. 대학 동기는 개울을 가리키며 돌다리가 보이냐고 물었다. 여름에는 돌다리를 하나씩 건너야 했는데, 지금은 저렇게 돌다리가 물과 함께 얼어버렸다면서.

개울을 건넜더니 구천사 입구로 들어가는 진입로가 나왔다. 일주문을 마주한 자리에는 커다란 매화나무가 있었다, 고 말할 수는 없다. 그때의 나는 그 커다란 나무가 매화나무인지 몰랐기에 그저 큰 나무라고만 생각했다. 나는 그 나무를 지나 암매암으로 걸어가고 있었다. 12월 24일이었다.

날짜를 기억하는 것은, 서울에서 크리스마스이브를 보내지 않기 위한 도피를 우리가 몇 년째 지속하고 있었기 때문이다. 내게는 남자 친구가 있다가도 크리스마스 시즌이 되면 사라져 버렸는데 대학 동기도 사정이 비슷해서 우리는 몇 년째 연말을 함께 보내고 있었다.

전해에는 아마 평창이었을 것이고, 그 전해에는 아마 춘천이었을 것이다. 집에 있기도 싫고, 연인들로 가득한 도심도 싫었던 우리는 연말 분위기가 서울처럼 과장되지 않은 지방으로 떠났다.

어딘지는 중요하지 않았다. 서울에서 너무 가깝지도 너무 멀지도 않으면서 사람이 많지 않으면 그만이었다. 휴가나 휴양이 아닌 일종의 피신을 가면서 물 좋고 경치마저 좋은 데를 찾는 것은 내 성미에 맞지 않았다. 좋으면 물론 좋지만. 그렇지 않다고 해도 다 경험이고, 언젠가 나를 위해 긴요히 쓰일 거라는 기대도 있었다.

유심 스님에 대한 첫인상 같은 건 당연히 없다. 생불 같은 분이라고 동기는 말했지만 나는 그런 아우

라를 느끼지 못했다. 앞에서도 말했지만 동기가 아는 절에 일종의 원 플러스 원의 개념으로 딸려 간 거라 스님은 나를 그다지 신경 쓰지 않았다. 무시했다고 하는 게 더 맞겠다.

다행이라고 생각했다. 대학 동기처럼 편지를 주고 받으며 인연을 이어나갈 일은 없을 테니. 마음이 약해져 편지를 주고받게 될까 봐 걱정했었다. 나는 편지가 어색한 인간이고, 편지가 결부된 관계는 모두 안 좋게—내가 답장을 미루다 상대가 상처를 받는 패턴으로—끝나버린 전력이 있기에. 나는 그런 피곤한 일들을 아예 시작하고 싶지 않았다.

하지만 점점 기분이 안 좋아졌다. 누군가에게 무생물로 존재한다는 게 그토록 불쾌한 일인지 몰랐다. 누구에게나 공평하게 그런다면 원래 저러나 보다 하겠지만 대학 동기를 대하는 태도는 전혀 달랐다. 뭔가 귀하고 소중한 대상으로 그 애를 대하는 스님의 태도는 거의 '극진'했다.

스님의 이런 태도는 다른 사람에게도 영향을 미쳤다. 대학 동기는 물론이고 절에서 일하는 공양주 보살과 그녀의 어린 딸에게도 공양주 보살은 마주칠 일이 별로 없었으니 그나마 나았지만 보살의 딸이 문제였다. 그 애는 어른들이 나를 대하는 방식을 따라 했다.

그 애는 우리 방에 벌컥 문을 열고 들어와서는 우리 둘 사이로 슬라이딩하거나 리코더를 빽빽 불었다. 리코더를 빽빽 부는 소리가 얼마나 지겹고 시끄러운지 모르는 사람은 없으니 묘사는 생략하기로 한다.

공깃돌을 던지기도 했다. 공중으로 확 뿌렸다가 바닥에 떨어진 공깃돌을 하나씩 집을 때 내가 이래서 공기를 싫어했었지라는 생각을 했다. 손톱만 한 돌멩이를 하나하나 집었다가 이내 공중으로 던졌다 낚아채는 일을 할 때의 일그러지는 입매와 희번덕거리는 눈빛은 맹금류의 그것 같았다. 저 정도로 우악스러운 애는 본 적이 없었다. 생의 활기가 흘러넘치다 못해 징그러울 정도였다.

표정으로 애를 나무라는 내게 동기는 그러지 말라고 했다. 불쌍하잖아, 라면서. 뭐가? 아빠 없이 절에서 사는 게? 이 말은 하지 못했다. 애를 나무라는 나만 덕이 없는 사람이 되었다. 다른 데도 아니고 절에서 덕은 없이 업만 쌓이고 있다는 생각에 참담한 기분이 들었다.

그 애가 "이거 볼래?" 하면서 자기가 잡은 곤충을 자랑했던 순간은 이상하게 생생하다. 애는 대학 동기의 귀에다가 자기 손을 갖다 대고 귓속말을 했는데 내게도 들렸다. "스님한테는 비밀이야"라는 말이.

단순한 무당벌레 문양을 서툰 솜씨로 음각한 나무 함은 그것 자체로 기괴했다. 안에는 무당벌레, 사슴벌레, 장수하늘소, 매미가 무슨 클립처럼 쌓여 있었고, 부서진 날개나 다리도 가득했다. 나는 이 애가 하는 다음 말에 소름이 끼쳤다.

"내 보물이야. 밤마다 죽여서 모았다. 훔치면 안 돼?"

시취가 나는 것 같아 나는 숨을 쉬지 않았다. 지금 생각하니 이상하다. 땅콩 껍질처럼 말라비틀어진 벌레들이었기 때문이다.

애는 방자하기만 한 게 아니라 잔인하기도 했다. 당시의 나는 이런 애를 보면 꺾어주고 싶은 기분이

들었다.

"너 보물 또 뭐 있는데?"라고 내가 말했더니 애는 말을 잇지 못하고 "음…… 음……" 이런 소리만 냈다.

"그래, 이게 네 보물이구나?"

나는 '이게 네 유일한 보물이구나?'라고 하려다 말았는데, 이 애도 아는지 곧 울 것 같은 얼굴이었다. 나는 이런 애를 울리는 방법을 알았다.

"그게 다니?"

애는 아무 말도 하지 못하고 눈동자를 굴리기 시작했다. 나는 애에게 눈을 맞춘 채로 웃은 후 머리를 쓰다듬었다.

애는 울기 시작했다. 몸을 부르르 떨면서 참으려고 할 때 나는 다시 머리를 쓰다듬었다. 세상에서 가장 부드러운 손길이 있다면 이런 걸 테지라고 생각하면서.

애는 한번 울음이 터지자 멈추지 못했다. 내 앞에서 우는 게 창피한지 숨을 씩씩 내쉬면서 울음을 멈추려고 했다. 울음이 잦아드는가 싶다가도 다시 눈동

74

자에 눈물이 맺혔고, 언제부턴가는 울음을 멈추길 포기해 버렸다. 울음은 커졌고, 애는 뭐가 그리 분한지 얼굴이 붉어진 채로 급기야는 거의 통곡하다시피 울었다.

"야."

대학 동기는 나를 나무라기 시작했다. 이렇게 이쁜 ○○한테 왜 그러느냐고. 애를 달래려고 그러는 건 알겠지만 그 애는 어떻게 보아도 이쁘다고 하기는 그랬다. 누가 봐도 미인인 대학 동기는 미에 대한 기준이 엄격한 데다가 버릇없는 애라면 몸서리치는 스타일이라 나는 황당할 따름이었다.

스님한테 귀한 취급을 받으니 정말 본인이 귀한 사람이 되었다고 생각하는 듯했다. 이래서 그릇의 모양이 바뀌면 내용물도 바뀐다고 했었나. 나도 스님한테 저런 대접을 받았다면, 동기가 나 같은 취급을 받았다면 우리의 행동이 달라졌을지 궁금했다. 동기가 애를 울리면, 내가 동기를 나무랐을까? 저렇게 고약한 애를 내가 자애롭게 감싸는 일이 있었을까?

절에서의 대학 동기는 내가 알던 애가 아니었다.

대단히 덕성이 있고 인자한 사람처럼 행동하는 이 애가 나는 밉살스러웠다. 얄밉기는 해도 밉살스러운 것까지는 아니어서 같이 다닐 수 있었는데, 이런 생각을 하며 나는 암자에서의 시간을 견뎠다.

다음 날 스님이 나를 불렀다.

"애를 울렸다죠?"

"애가 애가 아니던데요"라고 말한 뒤 "드릴 말씀이 있어요"라고 덧붙였다.

나를 가만히 보다가 스님은 픽 하고 웃더니 방문을 열었다. 마당에서 그 애가 닭 세 마리와 놀고 있었다. 벼슬이 유난히 빨간 닭이 부리로 애의 손을 콕콕 쪼았는데 애는 귀엽다는 듯 닭을 쓰다듬었다. 구구구구 하면서.

"저런 애가 요즘 어디 있나요?"

마당에 있는 애는 어제의 그 애가 아니었다. 비밀이라며, 스님께 말하지 말란 걸 이야기하려던 마음을 접었다.

하고 다니는 짓을 말하면 스님이 행동을 취하지

76

않을까 했는데, 그렇다고 달라질 애 같지 않았다. 나와 아무런 관계도 없는 애가 어떻게 자랄지 걱정하며 관여하는 것도 나답지 않았고, 혼낼 어른이 필요하다고 생각했던 건 애를 위한 게 아니라 나의 이기심 때문이 아니었나 싶었다. 스님에게 애를 이르고 있는 나를 떠올리니 한마디로 쪽팔렸다.

"다 돌아옵니다."

이 문장에도, 목소리에도 질책의 기미는 없었다. 이래서 생불이라고 했나 싶게 스님의 얼굴은 순간 환한 연꽃처럼 보였고, 나는 부끄러워졌다. 그때였을 것이다. 할 말이 없느냐고 스님이 물어서 입에서 이 말이 튀어나왔다.

"사찰 음식에 대해 어떻게 생각하세요?"

이 절의 밥은 도무지 먹기가 힘들어서 한 번은 물어보고 싶었다. 사찰 음식을 어떻게 생각하는지.

누룽지에 짠지와 고추장아찌, 김치가 나왔다. 거기에서의 밥이란 거의 그랬다. 지나치게 짠 데다 언제 만든 건지 짐작하기도 힘든 그런 음식. 저장 음식들이 담긴 항아리에 곰팡이가 끼어 있을 거라는 추

측을 넘어선 확신이 들었지만 음식을 남길 수 없어
서 고역이었다.

"누가 그럽디다. 사찰 음식이라는 말이 절밥을 다
버려놓았다고."

"거창하다고 생각하시는 거죠?"

나를 지긋이 보던 스님은 자기를 따라 어디 갈 데
가 있다고 했다. 산 아래로 잠시 내려갔다가 올 거니
까 편한 신발을 신으라고 동기는 가지 않느냐고 물
었더니 나만 간다고 했다. 앞에서 말했다시피 나는
이런 일을 거절할 수 있는 사람이 아니다.

버스를 타고 가는 것은 아니었다. 스님이 운전하
는 다마스 조수석에 앉아 한 시간쯤 갔을까 싶었을
때 다 왔다고 했다.

도시였다. 내가 아는 도시와는 달랐지만 도시가
아닌 것은 아니었다. 다마스가 멈춘 500세대 정도의
아파트는 들어본 브랜드는 아니었으나 여기서 가장
좋은 아파트라는 걸 알 수 있었다.

"첫 번째는 기 대감님 댁입니다."

스님이 암자에 오기 오래전부터, 선대의 선대부터

시주를 해왔다는 걸 집주인과 차를 마시면서 알았다. 그녀는 기 대감 댁의 안주인이었고, 기씨 성을 가진 남편은 죽었고, 종택은 따로 두고 여기 들어와 산 지 오래되었고, 하나뿐인 아들은 결혼해 서울에 살고 있고, 아들은 사업이 바빠서 명절에도 잘 못 오고, 스님이 이렇게 올 때마다 시주를 한다는 것도.

집주인이 낸 다과는 처음 보는 것이었다. 마른 오징어를 정교하게 가위질해 만든 봉황, 코끼리, 학 같은 것이 놀랍기는 했지만 이걸 왜 대추차와 먹어야 하는지 알 수 없었다. 종택의 종부로 살면서 고급 기술들을 익혔고, 그것들을 더 이상 쓸데가 없어졌다는 쓸쓸함은 알 수 있었지만.

입이 거칠어 이런 귀한 음식의 맛을 잘 모른다는 스님에게 집주인은 이번 달 시주라며 흰 봉투를 내밀었다. 오징어로 만든 봉황과 코끼리와 학 모형이 든 쇼핑백도 함께 줘서 내가 받았다.

다섯 군데를 더 돌았다. 벨을 누르고, 신발을 벗고 집으로 들어간다, 집주인이 내주는 차를 마시며 이야기를 듣다가, 봉투를 챙기고, 인사를 하고 나온다.

집주인과 집이 달랐을 뿐 하는 이야기들은 놀랍도록 비슷했다.

다마스를 타고 산으로 오니 저녁 먹을 시간이 지나 있었다. 우리는 별로 말을 하지 않았다. 여섯 군데를 돌며 시주를 받아 오는 일은 생각보다 더 지치는 일이어서 머리가 멍했다.

"가끔 그런 생각이 든다죠. 저 이처럼 살면 얼마나 좋을까."

스님은 이야기를 이어나갔다.

"본처 어떻게 하고 들어앉았다는 이야기가 있어요. 돈이랑 집, 아들을 차지한 거지. 아들이 어릴 때라 자기가 친모라고 아는 줄 아는데 아들이 안대요. 그러니까 집에 안 오지. 사람들은 다 아는데 자기가 본처인 것처럼 행동한다니까. 이름도 본처 이름을 쓴대요."

"업이라는 건가요?"

뭐라고 말하기 어려울 때 나는 질문을 한다. 스님은 하던 이야기를 계속했다.

"그런 생각이 들 때가 있어요. 내가 만나는 사람

들을 흡수한다면 나는 어떤 사람이 될 수 있을까? 우리 암자 사람들을 배불리 먹일 수 있지 않을까? 사찰 음식 같은 고운 것도 하고 그런 꿈을 꿉니다."

다음 날 아침밥을 먹고 우리는 절을 떠나면서 30만 원을 두고 왔다. 두 사람이 사흘을 묵었으니 이 정도면 되지 않겠느냐는 동기의 의견에 따른 것이었다.

절을 떠날 때 스님은 없었다. 공양주 보살이 차 없이 산 아래까지 내려가야 하니 조심하라고 했다. 아이는 암자의 기둥 뒤에 숨어서 얼굴만 내민 채였다. 등을 돌리고 울고 있던 것 같기도 한데, 어느 쪽이 맞는지 모르겠다.

여기까지가 오래전의 내가 절에서 겪은 일이다.

"나 누군지 알겠어요?"

두 달 후 다시 만났을 때 스님은 또 이렇게 물었다.

내가 자기를 기억했고, 자기가 사찰 음식의 대가가 되기까지의 일에 대해서도 안다는 걸 안다는, 모든 걸 자기가 통제하고 있다는 전지적 눈빛이었다.

이번에는 대체육을 쓰는 이탈리안 레스토랑이었다. 우리는 미트볼스파게티와 무알콜 맥주에 대체육으로 만든 샤르퀴트리를 먹었다. 얼마나 감쪽같은지 기자는 "고기 아니었어?"라고 했다. 스님은 자기 절이 이번에 투자한 식당이라고 했다.

"그 애는 이제 성인이겠어요?"

"무슨 애요?"

"공양주 보살님 딸이요. 아홉 살 열 살쯤 되지 않았었나요? 그게 20년 전이니까……"

"착오가 있는 게 아닌가, 소설가 양반께서? 무슨 애가 있었다고 그래요."

"공양주 보살님만 계셨다고요?"

"아무도 없었어요. 그 절은 원래 나 혼자였다죠. 빨래하고 청소하고 밥하고 그러는 게 다 수행입니다. 지금이야 사람이 늘었지."

스님이 하도 강경해서 내가 기억한 게 맞는지 모르겠다는 생각이 들었다. 말했듯이 나는 기억력에 자신이 있는 동시에 없는 사람이라서.

"상상력이 너무 풍부해도 문제예요"라고 스님이 덧붙이는 말을 들으면서 정말 모르겠다고 생각했다. 누군가의 기억이 통째로 잘못 이식된 건가도 싶지만 누가 무슨 의도로 내게 그런 일을 한단 말인가. 아이가 열어서 보여주었던 형편 없는 솜씨로 무당벌레를 새긴 나무 함과 거기에 가득한 죽은 벌레들이 아직도 생생한데…… 귀를 찢는 듯한 리코더 부는 소리와 애가 마당에서 닭과 놀던 장면도 그렇고 나는 이런 이야기를 스님에게 할 필요를 느끼지 못했다.

밥을 먹고 돌아오는 길에 암매암 매화 이야기를 듣게 되었다. 전문가를 썼는지 그럴싸하게 꾸며놓은 그 글은 스님이 준 것이었다. 더 정확히 말하면, 스님이 준 상자가 든 쇼핑백 안에 있었다. 붉은색과 검은색 양면으로 된 비단으로 싼 상자에 궁서체로 인쇄된 투명한 트레싱지가 끼어져 있었다.

구천사의 홍매는 언제부터 여기 있었는지 아는 사람이 없다. 하지만 홍매의 아름다움에 대해서라면 알지 못하는 사람이 없다. 오래전 구천사에는 아이를 데리고 들

어온 여자들이 있었다. 모두 길에서 울던 이들이었다. 아이와 여자들은 어찌 된 일인지 오래 살지 못했다. 눈물이 많아서 그랬나? 어찌 된 일인지 그랬다. 구천사에서 가장 아름다운 것은 홍매인지라 누군가 죽으면 홍매 아래 묻기로 했다. 전설일 뿐일 것이다. 하지만 전설에는 희미한 힘이 있다. 구천사의 홍매가 아름답다면 이들이 아름다운 사람이어서 그럴 것이다. 구천사의 홍매가 향기롭다면 이들이 향기로운 사람이어서 그럴 것이다. 홍매의 암향이 유난해 이곳의 암자를 암매암이라 부르게 되었다.

스님이 헤어지기 전에 했던 말이 떠올랐다.

"자기가 원래 눈물이 없지."

다마스를 타고 산으로 돌아오던 날에도 비슷한 말을 들었던 기억이 났다. 그런 이야기를 왜 내게 하느냐고 물었는데, 스님이 이렇게 말했던 것도 당신도 그런 생각 자주 하잖아. 당신이 아닌 다른 사람처럼 생각하고 말하잖아. 다른 사람이 되고 싶잖아. 다른 사람을 뺏는 거지. 나만 그런 거 아니잖아.

이것은 내가 절에서 겪은 이야기다. 절에서만 겪은 건 아니고 절을 나와서도 겪은 이야기. 스님과 절이, 절밥과 절 사람이 나오는 이야기. 그러니까 절담이라고 해야겠지.

내가 아는 사람들이 나오는 이야기라 그들을 보호하기 위해 말투나 설정을 바꿔둔 부분도 있다. 하지만 이야기의 대부분은 진짜다.

나는 진안에 가본 적이 없으며, 진안에 구천사라는 절도 없다. 어쩔 수 없이 가공의 장소와 지명, 인명을 쓸 수밖에 없던 나의 사정을 이해해 준다면 좋겠다.

기자가 말한 스님의 이름도 물론 다르다. 내가 말한 '기자'의 직업도 다르다. 그녀는 유심 스님이 아니다. 구천사가 실제 그 절의 이름이 아니고, 절도 진안에 있지 않은 것처럼. '구천사'나 '진안'이나 '유심 스님'이나 모두 실제가 아니다. 하지만 이름 뒤의 것들은 실제다.

내가 한 이야기에 나오는 인물 중 누군가가 나를 쳐다보는 느낌이 드는 어떤 밤이 있었다는 것도 말해야겠다.

한 면은 붉고 한 면은 검은 비단으로 싼 그 상자는 내 뒤에 놓여 있다.

나는 그것을 열고 싶기도 하고, 동시에 열고 싶지 않기도 하다.

이상한 일이다. 어떤 냄새가 짙어지고 있다. 향기보다는 냄새에 가깝다고 해야 할 냄새. 이끼와 가죽 냄새에 잘 익은 과일에서 나는 냄새.

창문은 모두 닫혀 있었다. 나는 이 냄새가 어디에서 오는지 알 것도 같다.

방생

무서운 이야기를 거의 모른다. 알고 싶지도 않다. 그래서 듣지 않으려고 애쓰고, 당연히 찾아 읽지 않는다. 아무리 명작이라고 해도 '무섭다'라고 하는 소설이나 영화를 볼 엄두를 내지 못한다. 데이비드 린치의 〈멀홀랜드 드라이브〉를 볼 때의 경험은 아직도 생생하다. 혼절할 정도로 무서운 동시에 장면 장면이 매혹적이어서, 눈을 감아도 고통이요 눈을 떠도 고통이었다. 그래서 〈인랜드 엠파이어〉가 얼마나 아름다운지 말하는 이들의 목소리에 귀를 닫을 수밖에 없다.

무서움에 대해 이토록 민감하게 반응하는 감각은 어떻게 형성된 것인지 모르겠다. 초등학교에 들어가기 전에 읽었던 공포 소설 속의 이미지에서 비롯한 걸까? 모퉁이를 돌면 소설의 그 남자가 있을 것 같았고, 한밤중에 머리를 감고 있으면 정령이나 요괴가 머리카락에 한 올 한 올 들러붙는 기분이 들었다. 어둠 속에서 나를 바라보는 누군가가 있다는 생각이 자주 들었기에 어둠을 보지 않으려고 했다.

가장 무서운 것은 인간이고, 귀신 이야기나 무서운 이야기 모두 인간이 만들어낸 허구라는 것도 알지만, 그건 머리의 문제다. 그래서 〈절담〉을 쓸 때는 전혀 무섭지 않았다. 내 머리 안에 들어 있던 이야기를 방생한다는 해방감이 들었달까. 지금 내 손에는 잠시 나의 것이었다가 떠나보낸 뭉클거리면서 서늘한 몸체의 감각이 남아 있다.

한은형

소설집 《어느 긴 여름의 너구리》, 경장편소설 《서핑하는 정신》, 장편소설 《거짓말》 《레이디 맥도날드》, 산문집 《베를린에 없던 사람에게도》 《그리너리 푸드: 오늘도 초록》 《당신은 빙하 같지만 그래서 좋다고 말하는 사람이 있어》 《우리는 가끔 외롭지만 따뜻한 수프로도 행복해지니까》 등을 썼다.

성
혜
령

마구간에서 하룻밤

　부동산 중개인이 한 노부부와 함께 오후에 별장을 보러 온다고 했다. 문진이 별장을 부동산에 내놓은 뒤 처음 받은 연락이었다. 문진은 새삼스레 별장을 둘러보았다. 들인 가구가 별로 없음에도 길고 단조로운 구조 때문인지 시야가 저절로 좁아졌다. 목재로 마감한 벽은 뒤틀림이 시작되었고 높은 천장에는 나무 들보가 얽혀 있었다. 종종 거미가 들보에서부터 줄을 타고 내려와 마치 문진을 감시라도 하려는 듯 허공에 머물렀다 사라지곤 했다.

　문진은 거실에 늘어놓은 책과 이불을 대강 정리하고 언제 마신 건지 기억나지 않는 커피가 말라붙은 머그잔을 부엌 개수대에 가져다 놓았다. 부엌의 큰 창 너머로 뒷마당이 보였다. 막 자란 풀들이 거센 바람에 흔들리고 있었다. 문진은 창을 열었다. 헐렁

한 원피스 잠옷이 부풀어 올랐고 바람에 피부 각질
이 하얗게 일어났다. 문진은 눈을 찡그린 채 어딘가
마비된 사람처럼 바람을 버티며 잠시 서 있었다.

문진은 별장에서 냄새가 난다고 믿었다. 주위가
아주 고요한 날, 바람조차 불지 않을 때면, 오래 묵은
건초에 섞인 동물의 분뇨 냄새가 슬그머니 피어올라
문진을 거슬리게 했다. 별장은 마구간을 개조한 건물
이었다. 문진의 부모는 언제나 실용적인 사람들이었
다. 전혀 실용적이지 못한 별장을 지으면서도 문진
은 항암치료를 마친 후 달리 갈 곳이 없었기 때문에
별장에 내려왔고, 갈 곳이 생기지 않았기 때문에 계
속 머물렀다. 그래도, 뒷마당 너머 높은 산세를 볼 때
면 휴양지에 온 것 같은 기분이 들었다. 이곳으로 잠
시 떠나와 있지만 돌아갈 곳이 있는 사람처럼 스스
로를 기만하는 게 싫지는 않았다. 여름이면 근처 펜
션에서 관리하는 언덕에 색색의 꽃과 적당히 자란
잔디가 바람에 너울댔다. 그 너머로는 좁고 가파른
계곡이 심장박동 같은 소리를 내며 흘렀다. 부엌 창
너머로 펜션의 뾰족한 지붕과 빛이 반사되는 둥근

창이 잘 보였다. 그 펜션에는 항상 웃는 얼굴인 부부와 옥탑방에서 나오지 않는 아들이 살고 있었고 성수기에도 손님은 가끔 왔다 금세 가곤 했다.

이 별장은, 아니 마구간은 문진의 외할아버지 것이었다. 문진의 외할아버지는 일본에서 유학했고 장면 정부 때 경제부 차관 밑에서 잠깐 일했던 말 애호가였다. 그는 오로지 그가 소유한 말들을 위해서 산 중턱에 1500여 평의 너른 양지를 사고 말들을 거둬 먹이느라 거의 모든 재산을 탕진했다. 마구간을 지으면서 방 한 칸을 따로 만들어놓고 한번 가면 거기서 며칠씩 말과 함께 지내다 오곤 했다.

외할아버지는 그 땅을 마구잡이로 5등분으로 조각내 자식들에게 남겼다. 따로 팔아봤자 아무 가치 없는 땅을 물려주며 유언으로 그 땅과 말을 공동으로 관리해야 한다는 조건을 붙였다. 문진의 엄마는 마구간이 세워진 땅을 받았다. 물론 자식들은 조각난 땅을 한 사람에게 몰아주고 땅을 팔아 돈을 나눠 가지려고 했다. 5남매 중 유일하게 아버지가 죽을 때 곁에 있었던 문진의 엄마만 그 계획에 반대했다. 엄마의 땅이 가운데에 있어서 남은 자식들은 가운데가 뚫린 땅을 시가보다 싸게 팔아야 했다. 그 때문인지 문진은 외가 식구들을 거의 보지 못하고 자랐다. 마구간에 있던 열다섯 필의 말은 문진이 태어나기 전에 전염병이 돌아 도축했다고 했다.

"내가 너 어렵게 안 살았을 거라고 딱 알아봤잖아." 마구간, 아니 별장에 대한 이야기를 했을 때 순연이 문진에게 했던 말이었다. 쉽게 살지도 않았다고 생각했지만 대꾸하지 않았다. 문진은 창을 열어둔 채로 낮은 싱크대에서 어설프게 등을 굽히고 머그컵을 씻기 시작했다. 손이 발갛게 텄다. 식탁 위의 약 바구니가 문득 눈에 들어왔다. 그 안에는 3년 전에 순연이 문진에게 강매하다시피 팔았던 약이 박스째 들어 있었다. 문진아, 우리 같은 암 환자는 이미 세포가 많이 파괴되어서 이 약을 먹어서 세포 재생을 도와줘야 돼…… 순연의 깊고 부드러운 목소리가 뱀처럼 뒷마당의 잡초를 헤치고 다가와 문진의 살에 엉켜오는 기분이 들었다. 문진은 별장을 정리하기 전에 먼저, 순연을 정리해야 한다는 것을 깨달았다.

5년 전에 문진은 병실에서 순연의 옆 침대를 썼다. 병실에서 보호자가 없는 사람은 순연과 문진뿐이었다. 당시 팔순이 넘은 어머니와 함께 지방에서 살던 순연은 혼자 서울로 올라와 병원 근처에 방을 잡고 항암 치료를 받고 있었다. 순연은 문진과 달리 침대에 커튼을 쳐놓지 않았고 밥을 잘 먹었고 매번 문진에게 밥을 먹으라고 말을 건넸다. 순연은 저녁마다 어머니에게 전화를 해서 그날 하루의 이야기를 지어냈다. 순연의 거짓말은 앞뒤가 맞지 않았다. 어느 날은 아는 사람 가발 회사에서 경리 일을 보고 있다고 해놓고, 어떤 날은 미용 일을 배우고 있다고, 또 언젠가는 갑자기 보험을 많이 팔았다는 둥 황당한 말을 했다. 문진이 순연에게 거짓말을 더 잘해야 하지 않겠느냐고 말을 걸었을 때, 순연은 웃으면서 그걸 다 기억하고 있었냐고 되물었다. 내용이 중요한 게 아니라, 내가 전화를 매일 한다는 게 중요한 거야, 순연은 문진이 어린아이인 양 말했다.

　순연은 치료를 마친 후에 머리가 다 자랄 때까지 어머니 집으로 돌아가지 않겠다고 했다. 비슷한 시기

에 치료가 끝난 둘은 자주 만나서 밥을 먹고 오래 이
야기를 하며 차를 마셨다. 주로 순연이 밥집을 고르
면 문진이 괜찮은 카페를 찾았다. 둘은 주로 아픈 후
깨닫게 된 단순한 사실들에 대해 이야기했다. 삶은
생각보다 짧을 수 있다는 것, 아파 봐야 건강이 중요
한 줄 안다는 것……. 그리고 암이 깨끗이 완치되기
만 한다면 이전과는 다른 삶을 살아보겠다고도 다짐
했다.

　문진이 별장에 내려온 뒤에 처음 몇 개월 동안 순
연은 먼 길을 달려와서 문진에게 반찬을 해주고 갔
다. 그 시기에 문진에게 순연은 세상에서 유일하게
자신이 밥을 먹었는지 궁금해하는 사람이었고, 문진
이 마흔이 넘어가도록 적응하지 못하고 있는 삶에서
확실한 것을 알려줄 수 있는 사람 같아 보였다.

　순연은 사람을 많이 알았고, 언제나 이야기가 넘
쳤다. 순연의 머리가 귀를 덮을 만큼 자란 뒤에는 아
는 사람이 하는 식품 수입 사업을 돕기로 했다며 자
주 여행을 갔다. 순연은 문진에게 코코넛 비누, 건과
일 세트 같은 것을 선물하더니, 과자, 방향제, 허브차

처럼 종잡을 수 없는 물건들을 하나씩 팔기 시작하
며 돈을 조금씩 꿔 갔다. 그리고 어느 날 연락도 없이
찾아와서 약을 내놓았다. 결국엔 면역력이야. 이것만
꾸준히 먹으면 재발할 걱정 없이 살아도 돼. 순연은
정말로 자기 말을 믿는 것처럼 말했다. 문진은 순연
의 말을 믿을 수 없었다. 그럼에도 터무니없는 값에
약을 샀다. 그 후로 문진은 순연의 연락을 받지 않았
다. 어느 날은 순연이 문진의 별장까지 찾아와 문을
두들겼다. 문진은 문 뒤에 숨어서 그 진동을 등으로
고스란히 받아내면서 문을 열어주지 않았다.

　문진은 설거지하다 젖은 손을 대충 잠옷에 문지
르면서 거실로 돌아와 핸드폰을 찾았다. 그리고 엊그
제 얼굴 본 사이처럼 순연에게 안부를 묻고 빌려준
돈을 갚아달라고 메시지를 보냈다.

∞

　늦은 오후에 부동산 중개인은 여기가 고지대라
쌀쌀하죠, 하고 높은 목소리로 말하며 노인들을 현관

안으로 들였다. 문진은 청소를 하느라 입고 있던 잠옷 차림으로 문을 열었다. 할아버지는 한쪽 지팡이를 짚고 절뚝였고 할머니는 허리가 사선으로 휘어 조금씩 비틀거렸다. 문진의 생각보다 훨씬 더 나이가 많아 보였고 집을 살 만한 능력도 동기도 없어 보였다. 할아버지는 지팡이를 탁, 소리 나게 짚으며 현관에서 번들거리는 구두를 벗었고 할머니는 고무 털신을 벌레 털어내듯 던졌다. 할아버지의 지팡이 끝에서 흙이 떨어졌다.

문진은 멀찍이 서서 그들을 지켜보았다. 집의 구조는 단순했다. 입구는 현관, 거실, 침실로 이어지고 측면에는 부엌과 화장실이 있었다. 난방은 되었지만 외풍이 심해서 겨울엔 추웠고 여름엔 습기가 고여 나무 벽이 조금씩 썩어갔다. 문진은 그런 이야기를 중개인에게 하지 않았지만 중개인은 별장에 대해 문진보다 더 잘 알고 있는 것 같았다. 문진이 부동산으로 처음 찾아간 날, 중개인은 "아, 거기 드디어 팔아치우시려고요?"라고 말했다.

할머니와 할아버지는 문진이 미처 치우지 못한

소파 위에 대충 개놓은 담요와 헤쳐놓은 택배 상자, 먹다 남긴 건조망고 봉지를 박물관에 온 사람들처럼 천천히 구경했다. 중개인은 문진의 대답은 필요하지 않다는 듯이 혼자 말을 이어갔다. "여기가 큰방인데, 문 잠깐 열어도 되죠? 이 방이 햇볕이 제일 잘 들어요. 전체적으로 40평이나 되고, 지대도 높은데 평지에 탁 트인 양지고." 중개인이 말했다. "죽으면 양지에 묻힐 거, 뭘 양지를 따져." 할머니가 말했다. 노부부는 중개인의 말에 관심이 없어 보였다. 중개인 혼자 집을 한 바퀴 둘러보고 이제 가보겠다고 했다. 할아버지가 신발을 신기 어려워해서 문진과 중개인이 도와주어야 했다. 문진의 손에 할아버지 양말에 밴 축축한 땀이 묻었다. 그들이 떠나고 문진은 창문을 모두 열어두고 샤워를 했다.

문진은 머리를 말리며 소파에 앉았다. 텔레비전을 켜두고 거실 창밖을 바라보았다. 풀이 무성한 마당에 빛이 빠르게 물러나고 있었다. 순연과 연락이 끊기고, 문진을 정기적으로 찾아오는 사람은 우체부와 펜션 주인 부부밖에 없었다. 딸은 유학을 떠나기 전에 별장에서 하룻밤을 자고 갔다. 딸이 중학교 1학년인가 2학년일 때였다. 이혼을 한 뒤로 함께 잔 것은 딸이 열 살이었을 때 이후로 처음이었다. 이혼할 때만 해도 문진은 당연히 아이는 자기가 키우게 될 것이라고 생각했다. 변호사는 남편이 유책배우자라고 했다. 함께 침대에 누운 어느 날 밤 남편이 10년 전 쯤, 일 때문에 외국으로 자주 출장을 갔을 때, 그 도시에 있는 어떤 여자와 만났었다고 고백했다. 문진은 조용히 핸드폰 녹음기를 켰고 다음 날 변호사를 찾아갔다. 남편은 문진과 이야기를 하고 싶었다고 했다. 그건 모두 과거의 일이라고, 그때는 자기가 혼자 외국에 있을 때라 힘들었고, 지금보다 젊었고, 정말 외로웠다고, 자기는 깨끗해지고 싶어서, 모두 고백하고 다시 시작하고 싶었던 것이라고 문진에게 화를 냈다. 너는 뭐가 그렇게 다 쉽냐. 남편이 말했다. 문진은 남편에게 한마디도 대꾸하지 않았다. 남편은 경제적인 이유로 아이 양육권을 주장했고, 문진이 정신병원 진료를 받은 기록을 법원에 제출했다. 문진의 변호사는 남편이 유책배우자라는 말을 백 번쯤 했지만, 양육권은 남편이 가져갔고 곧 딸을 유학 보낸다고 통보했다.

딸이 별장에 오기로 한 날, 문진은 평소보다 일찍 일어나 아이가 좋아하던 갈비탕을 끓였는데 소파에서 잠깐 잠이 든 새 냄비를 태우고 말았다. 펜션 주인 부부가 부엌에서 나는 연기를 보고 달려오지 않았다면 문진은 잠을 자다가 죽을 수도 있었다. 문진은 물에 담가둔 탄 냄비를 보면서 이미 너무 많은 것을 망쳤다고 생각했다. 결국 제대로 밥을 챙겨주지도 못하고, 힘들면 참지 말고 언제든 돌아오라는 말을 해주고 싶었는데 그 말도 못 하고 아이를 보냈다. 아이는 가기 전에 문진을 안은 뒤, 엄마 잘 살아, 하고 말했다. 문진은 그 말을 종종 떠올렸고 혼자 중얼거려보기도 했다. 잘 살아, 란 말을 반복해 생각하다 보니 그 말이 꼭 혼자 잘 살아남아, 라는 말로 들렸다. 이번에도, 문진은 살아남아 보려고 노력할 것이다. 별장을 판 돈으로 병원 근처에 방을 얻을 것이고, 식단을 지킬 것이고, 온갖 통증과 부작용에 시달리겠지만 치료를 포기하지는 않을 것이다. 아마도

밖이 완전히 어두워졌다. 텔레비전에서 고기 굽는 소리가 들렸다. 문진이 자기도 모르게 침을 삼켰다. 그때 순연에게서 메시지가 왔다. 돈을 갚아달라는 말은 전혀 못 본 듯이, 아무 일도 없었던 것처럼 순연은 자기 근황을 길게 늘어놓았다. 그때 하던 일은 그만두었고 지금은 다시 어머니 집에 내려가 있다고 했다. 순연이 마침 내일 쉬는 날이니 별장에 들르겠다고 문자를 보내왔다. 문진은 순연이 정말 아무것도 이해하지 못하고 있다고 생각했다. 다시 안 만나는 게 서로를 위해 좋을 텐데, 순연은 언제나 조금씩 넘쳤다. 약을 팔지만 않았어도, 순연과의 관계를 완전히 끝내지는 않았을 것이다. 문진은 순연의 문자에 답장을 보내지 않았지만 다음 날, 익숙한 흰색 구형 승용차를 타고 해가 가장 높을 때 순연이 나타났다.

∞

순연은 전보다 몸이 불었다. 얼굴에 윤기가 돌았고, 화장도 제대로 하고 있었다. 꽃무늬 블라우스와

슬랙스는 몸에 잘 맞고 재질이 좋아 보였다. 순연은 코끝이 둥글어서 사람들이 자기를 쉽게 본다고 자주 말했다. 순연은 외래를 보러 올 때도, 통원 치료를 할 때도 편한 옷을 입지 않았다. 검진을 받으려면 귀걸이, 목걸이, 철심이 든 속옷을 모두 벗어야 하는데도 꼬박꼬박 그런 것들을 걸치고 챙겨 입었다. 가발 없이 모자만 쓴 적도 없었다. 문진이 엔진 소리를 듣고 마당에 나왔을 때 순연은 능숙하게 주차를 하고 있었다. 순연의 통통하고 흰 팔이 차창 너머에서 빛을 받아 윤기를 냈다. 순연의 살결은 평생 주름을 모를 것 같다는 생각이 들었다. 문진은 푸석한 맨얼굴을 햇볕에 드러내고 싶지 않아서 그늘 쪽으로 물러섰다.

순연은 차에서 내려 곧장 다가와 인사말을 준비하고 있던 문진을 안았다. 오랜만이다, 문진아. 순연이 말했다. 순연의 향수 냄새와 체온과 미끈한 피부가 끈적하게 느껴졌다. 순연은 날씨도 좋은데 별장 주변을 한 바퀴 휘둘러보겠다고 했다. 순연은 하늘을 한번 보고 문진을 봤다. 문진은 햇빛 아래서 얼굴을 찡그렸다.

"넌 어쩜 병원에서 빼빼 말랐을 때랑 똑같니? 어떻게 그렇게 안 변했어?"

순연은 마치 병원을 나와서 있었던 일들은 모두 건너뛰고 처음 문진을 보는 듯이 굴었다. 순연은 펜션을 가리키면서, 공사 중일 때만 봤었는데 지어놓으니까 동화 속에 나오는 집 같다고 말했다. 문진은 펜션 부부가 자기를 많이 도와준다고 말했다. 순연은 끊임없이 감탄을 내뱉었다. 경치 좀 봐봐. 넌 이런 경치 보고 매일 사니 정말 행복하겠다. 산세가 어쩜 이렇게 웅장하니. 저기 개울도 있네? 조금 더 올라가면 계곡 있겠네? 문진은 대충 대답하고 순연에게 묻지도 않고 먼저 집으로 방향을 틀었다. 순연은 펜션 쪽으로 한참 가서 펜션 울타리 너머를 기웃거리고, 개울로 내려갔다. 문진은 집에서 창밖으로 순연을 지켜보다, 순연이 문을 두드리자 잠시 뜸을 들이다가 열어주었다.

순연은 커피를 문진은 녹차를 마셨고, 병실 사람들 이야기를 나눴다. 순연은 문진보다 많은 사람을 기억했고, 추측을 덧붙이긴 했지만 그들의 근황에 대해서도 많은 정보를 알고 있었다. 그 침대에서 꼼짝도 못 하던 남학생 기억나니? 순연이 물었다. 문진은 기억한다고 대답했다. 왜, 걔가 몸이 그런데도 국사책인가, 국어책인가 펴놓고 있었잖아. 문진은 그 남자애를 잘 기억했다. 뇌종양으로 몸 한편이 마비되어 누워 있으면서도 항상 교과서를 머리맡에 두고 있었다. 교과서는 그 애의 침으로 항상 흥건히 젖어 있었다. 병실 사람들이 기특한 학생이라고 한마디씩 할때 문진은 경악했다. 어떻게 그걸 기특하다고 말할 수 있을까, 문진은 그런 말을 하는 사람들이 무서웠다. 걔, 2년 전에 죽었다. 문진은 젊은 나이에 안됐다고 말했다. 그리고 곧 후회했다. 젊은 나이에 안되기로는 자기도 마찬가지였으니까.

문진은 병원에서 나온 후 순연이 여기에 몇 번 다녀갔던 이야기를 꺼냈다. 언니 처음에 올 때 길 많이 헤맸었지? 여기 산길이 워낙 복잡하게 되어 있어서. 순연은 환하게 웃으면서 그럼, 내가 이 꼬부랑길 운전해서 너 반찬 해다 줄 때마다 살 좀 찌라고 그렇게 말했는데 내 말 귓등으로도 안 들었구나. 문진은 순연이 팔았던 약 이야기를 꺼내야 한다고 생각했다. 그때 정말 고마웠어, 그런데 하고 말을 꺼내려 했다. 나한테 그러면 안 되는 거잖아. 어떻게 나한테 뻔뻔한 얼굴로 말도 안 되는 약을 팔아? 재발이 안 된다고? 나를 봐. 나는 언니가 좋은 사람이라고 생각했어……. 이 모든 말이 터져 나오려던 순간 누군가 현관문을 두드렸다. 문진이 문을 열자 펜션 주인 여자가 양팔로 몸을 감싼 채 서 있었다. 여자는 한여름에도 저녁이면 기온이 10도가량 떨어지는 고지대 날씨에 늘 추위를 탔다. 여자는 문진에게 열쇠를 맡겼다. 여자가 손에 꾹 쥐고 있었는지 열쇠가 미지근했다. 여자가 또 부탁드려요, 하고 말했고 문진은 언제쯤 가야 하는지 물었다. 여자는 저녁에 약속이 있다고 답했다. 혹시 깨어나면 어떡하죠? 문진이 물었다. 한 번도 그런 일이 없었지만 문진은 매번 물었다. 여자도 똑같은 대답을 했다.

"그럼 조용히 문을 닫으면 되죠."

문진은 펜션 쪽으로 건너는 여자를 지켜보다 지프에 시선이 닿았다. 지프차는 일주일에 한 번씩 펜

선에 왔다. 문진은 한 번도 그 차를 타고 내리는 사람
을 본 적이 없었다. 펜션 부부는 독실한 신자였다. 문
진은 지프차의 주인이 옥탑방에서 나오지 않는 부부
의 아들에게 안수기도를 해주러 오는 목사일지도 모
른다고 생각했다. 문진은 순연에게 저녁을 조금 늦
게 먹어도 괜찮겠냐고 물었다. 펜션에 다녀와야 한다
고 하니 순연은 같이 가도 되냐고 물었고 문진은 안
된다고 했다. 문진은 냉동실에 있던 고기를 꺼내놓고
밥솥에 쌀을 안쳐놓았고 순연에게 잠시 나갔다 오겠
다고 말한 뒤 펜션으로 갔다.

∞

문진이 집에 거의 도착했을 때 고기 굽는 냄새가
났다. 문진은 서둘러 걷다 현관 문턱에 걸려 넘어질
뻔했다. 현관에 고무신과 운동화가 보였다. 집을 보
러 왔던 노부부와 순연이 부엌에서 마주 보고 앉아
문진이 꺼내놓은 고기와 냉장고에 있던 반찬들에 밥
을 먹고 있었다. 그들은 계속 대화를 이어갔다.

"소금 어딨는지 몰라?"

"소금 좀 찾아봐."

문진이 거실로 들어서자 순연이 식탁에서 일어나 문진에게 다가왔다.

"저분들이 너를 만나러 여기를 걸어 올라오셨다 네? 할아버지는 다리도 성치 않아 보이는데. 마당에 주저앉으셔서 한 걸음도 못 떼겠다고 하셔서, 안으로 모셨더니 배고프다셔서 밥 먼저 드렸지. 아는 분들이 야?"

문진이 집 보러 왔던 사람들이라고 이야기하자 순연은 "여기 팔게?"라고 물었다. "이 좋은 데를 두 고, 어디가 살게?" 순연이 다시 물었다. 문진이 대답 하지 않자 순연은 계속 말했다. "여기에 좋은 기억 이 많다며." 문진은 순연에게 조용히 해봐, 하고 말 했다. 노인들이 문진을 쳐다보고 있었다. 부부는 저 번보다 말쑥한 차림새였다. 문진은 그들에게 다가가 서 부동산에 연락을 했냐고, 집에 더 볼 게 남아서 오 신 거냐고 물었다. 할머니는 고개를 저었고 소금, 하 고 말했다. 순연이 소금, 하고 다시 말했고 문진은 자

110

기도 모르게 소금 그라인더가 들어 있는 서랍을 가리켰다. 순연이 소금 가는 소리가 문진의 머리를 뒤흔들었다. 할아버지는 밥 먹는 중에도 가끔 한 손으로 지팡이를 잡은 채 바닥을 내리쳤다. 할머니는 할아버지에게 시끄러, 하고 말했고, 시금치나물에 소금을 크게 한 숟갈 넣어서 젓가락으로 대충 비볐다. 노인들은 젓가락질 한 번에 반찬도, 밥도, 고기도 듬뿍 집어 먹었다. 문진은 다시 물었다. 목소리가 커졌다.

"여기 무슨 일로 오신 거예요, 그럼?"

할머니가 대답했다.

"영감이 꼭 오늘 가겠다고 우기길래. 난 그냥 따라왔어."

"여기 길도 험한데 어떻게 오셨을까."

순연이 말했다.

"무슨 일로 오셨냐구요."

문진은 순연의 친절한 말투가 듣기 싫었다.

"영감한테 물어봐."

할머니가 말했다. 그리고 문진에게 물을 가져다달라고 했다. 문진은 순연이 마신 커피잔을 헹구고

정수기 물을 따라 주었다. 할아버지는 뻣뻣한 자세로 열중해서 밥을 먹고 있었고 그들이 하는 말을 전혀 듣고 있지 않은 것 같았다. "하는 일 없이 있는다며. 그래도 소금도 안 치고 반찬을 허면 되나." 할머니가 말했다. 문진은 할머니의 말을 무시하고 식탁을 치우기 시작했다. 노인들은 밥그릇을 다 비우고도 식탁에서 일어나지 않았다. 문진은 노인들이 손댄 반찬과 고기를 먹고 싶지 않았고 남은 음식물을 모두 버렸다. 문진은 라면을 끓였다. 라면을 먹는 동안 순연은 물론 노인들도 계속 식탁에 앉아서 문진이 먹는 모습을 지켜봤다.

"할아버지 연세가 어떻게 되세요?" 순연이 물었다. "글쎄, 여든 넘고는 안 세어봤는데." 할머니가 대답했다. "어머, 저도 저희 어머니 아흔 넘으시고는 나이가 맨날 헷갈려요. 곧 백 세 잔치 해드려야 할지도 모르겠네." 순연이 말하자 할머니가, "어머니가 그렇게 연세가 많으셔?" 하고 물었다. "제가 막내거든요. 근데 아직 크게 아픈 데 없으시고? 네, 밥 잘 드시고 화장실 혼자 가세요. 그럼 됐죠 뭐. 그럼, 그거면 됐지. 우리 노인네 병원에 있을 땐 내가 대소변 다 받았는데." 할머니가 할아버지 다리를 슬쩍 만졌다. 문진은 갑자기 웃음이 났다. 순연의 옆에 앉아 있던 할아버지가 문진을 쳐다봤다. 할아버지의 눈이 조금씩 위로 뒤집어졌다. 그러더니 할아버지가 조용하고 격렬하게 경련을 시작했다.

문진의 부모님은 마구간을 헐고 별장을 지으려고 했지만 그들의 예상보다 철거 비용이 훨씬 비쌌기 때문에 리모델링으로 방향을 바꿨다. 문진의 아버지는 전세를 살면서도 별장을 갖고 싶어 했다. 그는 아내에게 별장을 가지면 다른 삶을 살 수 있다고 말했다. 전혀 다른 공간을 동시에 살 수 있다고, 그건 잠깐 번잡스럽게 휴가를 떠나는 것과 다른 것이라고 설득했다. 문진의 어머니는 남편의 말을 이해하진 못했지만 친척들 대부분이 별장을 가지고 있었으므로 동의했다. 문진의 아버지는 평균 정도의 월급을 받는 회사원이었지만 규모가 크지 않은 희귀한 성씨 집안의 종손이었고 종토를 물려받았다. 문진의 아버지는 그 땅을 팔았다. 그 때문에 문진은 아주 어릴 때를 빼고는 명절에 친가에도 가본 적이 없었고, 대신 명절마다 별장에 내려가게 되었다. 문진의 어머니는 공사 비용을 한 푼도 보태지 않았고, 문진에게도 죽을 때까지 물려받은 유산 내역을 다 공유하지 않았다. 문진의 부모님은 별장의 내부 공사가 시작되고 어떤 벽지를 고를지 문은 어떤 디자인으로 할지, 문고리는, 싱크대는, 소파와 이불은, 그리고 카펫을 깔지 말지에 대해 항상 서로의 어깨에 기대어 이야기를 나눴다. 처음 몇 년간 그들은 명절에도, 여름휴가와 신년 휴일에도 별장으로 내려갔다. 몇 년 후에는 아버지가 먼저 내려가 있거나 늦게 올라왔고, 곧 아버지 혼자 가는 날이 많아졌다. 문진의 어머니는 별장에 벌레가 많다고, 화장실에서 냄새가 난다고, 여름이면 개울 소리가 시끄럽고 겨울이면 바람 소리가 듣기 싫다고 가지 않았다.

문진은 딱 한 번 아버지와 단둘이 별장에 갔었다. 문진이 중학교에 입학하기 전 겨울방학이었다. 아버지는 화목 보일러에 눈에 젖은 나뭇가지를 잔뜩 넣었다. 연통에서 푸른 연기가 쏟아질 뿐 불은 좀처럼 붙지 않았다. 문진과 아버지는 덜덜 떨다 차에 들어가서 히터를 켜놓고 잠깐 잠이 들었다. 그 후 잠에서 깨어 별장으로 들어간 다음의 일을 문진은 잘 기억하지 못했다. 아버지가 술에 취해 문진의 손을 잡고 무슨 말을 반복하는 장면이 물에 젖은 종이처럼 형체 없이 그날의 기억에 달라붙었다. 아마 행복하게 살자, 라든지 아빠는 우리 가족을 사랑해, 라든지 술만 취하면 항상 하던, 실체 없는 말들이었을 것이다. 아버지는 평소에 아무 말 없다가 술만 마시면 폭발하는 사람이었다. 화가 쌓여 있을 때는 물건을 집어던졌고, 우울이 쌓여 있을 때는 공연히 사랑한다느니 행복하자느니 하는 말들을 했다.

아버지는 문진이 고등학교를 졸업한 겨울에 고속도로에서 사고로 죽었다. 5년 전 겨울 문진이 별장에 짐을 들고 내려왔을 때 별장은 더러웠고 방충망에 나방알들이 끼어 있었고 정화조가 막혀 있었지만 집 안에 이상한 온기가 돌았다. 문진은 아버지가 살고 있던 것 같다고 생각했다.

할아버지는 경련 후 돌처럼 굳어갔다. 눈이 충혈

되었고 목에 힘줄이 보였다. 할머니는 굽은 허리에 할아버지를 걸치듯이 데리고 들어가 소파에 눕혔다. 순연이 문진에게 속삭였다. 집 팔지 마. 문진은 그들이 정말 별장을 사겠다면 당장에라도 팔 수 있었지만 우선은 그들을 내보내고 싶었고 그들이 여기서 어떻게 살지, 살기는 할지 전혀 궁금하지 않았다. 문진은 라면을 반도 못 먹고 설거지를 시작했다. 순연은 문진 옆에 서서 거실을 쳐다보며 속삭였다. 할아버지가 담요를 덮으시네, 거실 불을 켰다 끄셨어. 할아버지 눈부신가 봐. 인터넷 텔레비전을 켤 줄 아시는데? 할머니 화장실 갔다. 너 정말 여기 팔 거야? 외로워서 그래? 문진이 별다른 말이 없자 순연은 거실로 가 할머니 옆에 앉았다.

문진은 손의 물기를 털고 식탁 한구석에 있는 차키를 들고 거실로 갔다. 노인들과 순연이 일제히 웃었다. 텔레비전에서 고양이가 강아지를 앞발로 때리고 도망가는 장면이 나왔다. 거 웃기는 놈이네. 할머니가 말했다. 애기 같네요. 순연이 말했다. 할아버지도 으흐흐 하고 웃었다. "집에 가셔야죠." 문진이 말했다. 《누구보고 가래?》 할머니가 말했다. 문진은 할머니가 왜 이렇게 웃기지, 하고 생각했다. 문진은 키홀더를 빙빙 돌렸다. 할머니는 문진을 빤히 바라보다가 잠깐 이리 앉아봐 하고, 빈자리가 없는 소파를 툭툭 쳤다. 문진은 현관을 쳐다보고 소파의 팔걸이에 걸터앉았다.

《집 손볼 데는 없고? 목재가 좋은 목재긴 한데, 워낙 오래된 거라.》 할머니가 여전히 텔레비전을 보면서 말했다. 《작년에 지붕 새는 곳도 고치고, 현관 계단 꺼진 것도 새로 판자 대서 붙이고, 창틀 아귀 틀어진 것은 못 고쳤는데 크게 불편하진 않아요.》 문진은 거실의 유리창에 되비친 거실과 부엌의 흐릿한 풍경을 보았다. 그리고 할머니와 할아버지와 순연이 모두 자기를 쳐다보고 있다는 것을 깨닫고 다시 고개를 돌렸다.

《창문 아귀는 못 고칠 거야 아마. 우리 영감이 몇 번 틀어진 거 잡아보려고 했는데 잘 안되대. 나무가 힘이 워낙 세야지.》

순연은 할머니의 말에 습관적으로 고개를 끄덕였

고 문진은 그게 무슨 말이에요, 하고 되물었다.

"영감이 건축 일을 했었어. 젊어서. 좀 하다 힘들다고 말았지만. 그래도 자기가 할 줄 안다고 나서서 사람 안 쓰고 여태껏 거의 혼자 다 했어."

"아니, 그게 아니고요."

문진은 할머니의 얼굴을, 그리고 거의 눈이 감겨 있는 할아버지의 얼굴을 처음으로 자세히 보았다. 주름을 지우고 그들의 10년 전, 20년 전 얼굴을 상상해보려고 했다. 문진의 눈에 두 노인의 얼굴은 똑같이 보였다. 약간 튀어나온 뼈의 모양도, 주름의 깊이와 무늬도 비슷했다. 문진의 어머니에게서 한때 이 마구간에서 일하는 사람만 열 명쯤 되었다는 이야기를 들은 것이 기억났다. 그 외에 이곳을 돌보는 사람들이 따로 있다는 이야기는 들어본 적이 없었고, 그런 사람들을 본 적도 없었다. "우리는 처녀 딱 보고 어릴 때 얼굴을 알겠던데. 아버지랑 종종 왔었잖어, 왜. 그때는 인사도 잘하더만." 문진은 갑자기 심장이 뛰고 이 부부가 작정하고 이 집에 왔다는 생각이 들었다. 문진은 순연을 쳐다봤다. 순연은 무심한 얼굴로 계속 텔레비전을 보고 있었다.

"부모님한테 그런 얘기 들어본 적 없어요."

"아니, 아니지. 그렇게 말하면 안 되지. 우리는 처녀를 봤는데. 처녀가 못 봤다고 그렇게 말하면 안 되지. 어릴 때 말이야, 줄무늬 원피스 입고 분홍색 샌들 신고 여기 앞에서 사진도 찍었었잖아. 그거 우리가 찍어줬거든."

"그런 사진 없어요."

"찾아보면 있을걸? 어릴 때 사진 안 버렸으면 한 번 찾아봐. 분명히 있으니까."

문진은 어릴 때 분홍색 샌들 같은 것을 가졌던 적이 없었다. 문진의 어머니는 문진이 원하는 옷과 신발은 모두 촌스럽다며 한 번도 사주지 않았다. 분홍색 샌들 같은 것을 신겼을 리가 없었다. 문진은 이 사람들도 사기꾼이구나 생각했다.

"근데 왜 어제 부동산 중개인이랑 집을 살 사람들처럼 오신 거예요?"

"집을 내놓기로 했단 말을 듣고 그 전부터 몇 번이나 찾아왔는데 말이야, 우릴 무시했잖아."

"저는 두 분을 어제 처음 봤는데요. 이제 그만 가세요. 택시 탈 수 있는 데까지 모셔다드릴게요."

"처녀가 5년 전에 내려왔을 때 몇 년 만에 온 거였지? 10년? 그쯤 되었나 더 되었나? 그동안 사람이 안 사는 집은 금세 폐가 돼. 이것처럼 지은 지 오래된 목재 집은 관리를 안 해주면 금방이라고. 처녀네 아버지랑 한 계약이 있는데, 처녀가 여길 상속받았으니까 그 계약도 상속받은 셈이야. 우리도 알아봤다고."

그리고 할머니가 할아버지 다리를 툭 쳤다. 할아버지가 잠바 안주머니를 뒤적여서 노란 봉투를 꺼냈다. 봉투에서 꺼낸 종이는 접힌 자국이 거의 떨어져 나갈 만큼 낡은 것이었다. 종이에는 '최소 매달 한 번씩 별장에 들러 청소 및 수도와 전기 시설을 점검하고 관리해 줄 것, 비용은 연말마다 1년 치 200만 원을 지급'이라고 흘날린 글씨체로 쓰여 있었고 마지막에 문진의 아버지 이름이 보였다.

할아버지가 잔기침을 했다. 순연은 텔레비전의 소리를 키웠다. 언니, 텔레비전 좀 꺼봐. 이 사람들 사기꾼들 같아. 경찰에 신고하자. 문진이 말했다. 문진아,

왜 그래, 그러지 말고 잘 해결해야지. 순연은 엄마처럼 말했다. 할머니는 폴더폰을 만지면서 말했다.

"우리가 계산을 해봤는데, 통장에 돈이 안 들어온 게 처녀 아버지가 돌아가신 해부터니까, 벌써 25년이 되었어? 세월도 참 부지런히 갔네. 년에 200씩 주기로 한 계약인데……. 처음부터 너무 적다고 내가 말렸는데 영감이 멋대로 도장 찍어버려서……. 뭐, 이미 지난 일이고 합해보면 딱 5000만 원이네. 적은 돈도 모이면 이렇다니까."

문진은 할머니의 말을 들었지만 아무것도 이해하지 못했다. 5000만 원이라니. 너무 황당한 사기였다.

"일단 돌아가세요. 저도 알아보고, 다음에 다시 얘기해요"

"집 팔구 사라지려고?"

할머니가 말했다.

"제 핸드폰 번호 드릴게요"

"전화야 안 받으면 그만이지. 처녀 특기잖어."

문진은 순연이 고개를 끄덕이는 것을 보았다. 문진은 차 키의 끝으로 손톱 밑을 꾹꾹 눌렀다.

"돈 줄 거야?"

"지금은 드리고 싶어도 없어요. 여기나 팔리면 모를까."

"뭐 당장 아니더라도 줄 거면 여기 사인부터 해. 그리고 이게 너무 많이 밀려가지구, 이자도 좀 있다네? 알아보니까, 그것도 원래 포함이 되는 거라네. 요새 금리가 예전 같지 않으니 다행이지, 뭐."

할머니가 할아버지를 또 쳤고 할아버지는 다른 종이봉투를 꺼냈다. 접힌 자리가 해진 오래된 종이가 나왔고 채무 이행 계약서, 라는 제목이 달린 빽빽한 문서였다. 문진은 채무 이행이라는 말을 이해할 수 없었다. 순연이라면 몰라도, 문진은 지금껏 누구에게도 채무라고 할 만큼 큰돈을 빌려본 적 없었다. 문진은 종이를 그대로 돌려주었고 할머니는 종이를 탁자에 펼쳐놓은 채 다시 텔레비전으로 고개를 돌렸다. 문진은 부엌으로 가서 식탁에 앉아 소파에 나란히 있는 노부부와 순연의 모습을 보면서 물을 마셨다. 멀리서 보니 그들은 한 가족처럼 보였다. 텔레비전을 보면서 한마디씩 주고받으며 같이 웃었다. 부러 넘어진 것 같은데. 그러게요.

　문진은 약상자를 뒤적였다. 소화제가 없다는 걸
알았지만 계속 찾았다. 순연이 부엌으로 와서 과일
이 없냐고 물었다. 언니가 나한테 팔았던 약, 나 거의
안 먹고 버렸어. 문진이 말했다. 거기에 뭐가 들었는
지 알 수가 있어야지. 순연은 문진의 말을 전혀 못 들
은 것처럼 부엌의 냉장고 문을 열었다 닫았다. 냉장
고에 뭐가 없구나. 순연이 말했다. 언니 지금 뭐 해?
남의 냉장고는 왜 열어봐. 언니가 뭔데 저 사람들한
테 과일을 줘? 문진이 순연의 팔을 움켜잡고 말했다.
아무리 생각해도 노인들이 소파를 차지하고 자기 집
인 양 텔레비전을 보면서 문진이 알지도 못한 지난
25년간의 일에 대해 돈을 내놓으라고 요구하는 상황
은 부당했다. 자기에게 약을 팔아놓고, 돈도 꿔 가고
그러고도 마치 아무 일도 없었다는 듯이 다시 나타
난 순연은 더욱 부당했다. 부엌의 형광등 불빛 아래
서 가까이 보니 순연의 희고 부드러워 보이는 팔에
좁쌀 같은 소름이 빼곡했다. 순연은 힘줄이 도드라진
문진의 손을 다른 쪽 손으로 감쌌다. 순연의 손이 뜨

거웠다.

"난 너한테 정말 잘해주고 싶었다. 너 옆에 있던 사람들 모두 다 떠나갔잖아. 나는 안 그러고 싶었는데 나도 그때는 좀 지치더라고 몇 번이고 나 일하는 와중에 전화해 놓고 내가 하면 또 안 받고, 내가 필요 없다고 해도 계속 돈 보내고 그럼 나는 미안하니까 먹을 거라도 바리바리 싸 들고 가야 하고 나도 환자 였잖아. 그땐 좀 지쳤어. 나는 네가 여기서 잘 지내는 줄 알어. 공기 좋고, 근처에 좋은 약초꾼도 산다며. 참, 안 그래도 사고 싶은 약초가 있었는데 아까 말한 다는 걸 깜빡했다."

순연은 부드럽게 문진의 손을 털어내고 핸드폰을 열고 문진에게 사진을 보여줬다. 눈을 감고 있는 노인의 사진이었다. 머리는 몇 가닥 남지 않았고 주름이 비늘처럼 얼굴을 뒤덮고 있는, 바싹 마른 노인의 얼굴이었다. 미라에 가까운 얼굴이었다. 우리 엄마야, 순연이 말했다. 엄마가 요새 황달이 오셔서 간에 좋다는 약초 있으면 좀 사 가려고 문진은 화면을 계속 보았다. 순연의 입에서 달콤한 냄새가 났다.

"언니 나 아파."

문진이 말했다. 말이 무심코 나왔다. 그 말을 하려
던 것이 아니었다. 약초 살 돈 있으면 내 돈이나 갚으
라고 말하려고 했다. 순연은 문진의 말을 못 들은 것
같았다. 문진은 다용도실로 가서 무른 딸기를 꺼내
왔다. 거실에 가져다 놓으니 할머니가 딸기를 손으로
집어서 할아버지의 입에 넣어주었다. 문진은 그릇을
치우고 침대가 있는 방으로 들어갔다. 몸이 무겁고
졸음이 쏟아졌다. 거실에서 텔레비전 소리가 들려왔
다. 주머니에서 뾰족한 것이 느껴졌다. 펜션에서 나
오기 전에 열쇠를 신발장 모기향 상자 안에 두고 왔
어야 하는데 잊어버렸다.

문진은 집을 나가고 싶지 않았다. 끝까지 버텨야
한다고 생각했다. 말도 안 되는 이야기를 지어내고
있는 사람들에게 맞서려면, 자꾸 자리를 비우면 안
된다고 생각했다. 눈을 똑바로 뜨고 그들을 지켜봐
야 한다고 생각하면서 잠깐 잠이 들었다. 문진은 작
은 방에 앉아서 붉은 치맛자락을 붙잡고 창밖을 바
라보고 있는 꿈을 꾸었다. 잠에서 깼을 때 주위가 조

용했다. 문진은 노인들과 순연이 모두 악몽이었을지
도 모른다고 기대하면서 문을 조심스럽게 열었다. 언
뜻 본 거실은 어두웠다. 눈이 어둠에 익숙해지자 소
파 밖으로 삐져나온 할아버지의 맨발이 보였다. 식탁
에서 조용한 대화 소리가 새어 나왔다. 순연이 누군
가와 이야기를 하고 있었다. 펜션 여자인 것 같았다.
그들의 속삭이는 듯한 말소리와 웃음소리가 들렸다.
정말 웃긴데, 그래도 저는 우리 애를 사랑해요 펜션
여자가 말했다. 저도 우리 엄마를 사랑해요. 노인들
함께 잠들었네요. 보기 좋네요. 그들은 조용히 술을
마셨다.

다리 하나 주면 안 잡아먹지

열두 살 무렵, 교실에서 친구들끼리 무서운 이야기를 하는 것이 유행이었다. 나와 비슷한 또래라면 아마 한 번쯤 비 오는 날 어둑한 교실에서 교탁 앞에 나간 아이가 턱을 괸 채 이런 이야기를 하는 것을 들어보았을 것이다.

다리 없는 귀신이 밤 12시만 되면 학교에 나타나서 아이들을 찾는대. 이렇게 팔을 괴고 팔꿈치로만 계단을 오르면서 누가 있는지 확인하고 다니는데, 누군가 있는 것 같으면.

이때 이야기를 하는 친구는 얼굴을 손에 괸 채 팔꿈치를 빠르게 움직인다. 팔과 얼굴만 둥둥 뜬 채 다가오는 친구를 보고 우리들은 비명을 지른다.

다리 없는 귀신에 대한 이야기는 팔꿈치 귀신 말고도 또 있다. 머리만 있어서 통통통통 머리로 돌아

다니는 귀신 이야기. 이 이야기의 가장 무서운 점은 화장실로 숨어들어서 문 밑의 틈으로 귀신이 갔는지 몰래 확인해 볼 때 기다리고 있던 귀신과 눈이 마주친다는 점이다.

다리 없는 귀신에 대한 공포는 어른이 된 지금도 내게 여전히 남아 있다. 다만 이제는 귀신이 무서운 게 아니라 내가 다리 없는 귀신이 될까 봐 무섭다. 고등학교 1학년 여름, 오른쪽 고관절에 암이 생겼을 때 의사 선생님은 항암 치료가 잘 듣지 않으면 다리를 잘라야 할 수도 있다고 말했다. 엄마는 다리가 없어도 괜찮다고, 다 살게 되어 있다고 위로했지만 나는 속으로 생각했다. 그럼 그냥 죽겠다고 손상된 신체를 가진 사람은 사람이 아니라 귀신에 가깝다고 생각했던 것 같다. 우리 사회에서 장애를 가진 사람을 보는 시선, 그들을 보이지 않는 존재로 취급하는 시선을 나도 가지고 있었다.

다행히 항암 치료는 잘 들었고 나는 다리를 제거하는 대신, 지팡이라는 보조 다리를 얻었다. 암을 제거하면서 근육도 많이 제거해야 했다. 내 다리는 어쨌든 돌이킬 수 없는 손상을 입었다. 꽤 오랫동안 나는 내 몸이 다른 사람들에게 보이지 않았으면 했다. 거리를 걸을 때마다 흘끔거리며 보는 사람들이, 불쑥 다가와 다리가 왜 그러냐고 묻는 사람들이 끔찍했다.

귀신은 언제나 아이들을 찾아낸다. 무서운 이야기는 대개 귀신과 마주치면서 끝난다. 사실 가장 무서운 이야기는 그 후에 일어난다. 귀신을 본 아이가 계속 살아가야 한다는 것. 그리고 어느 날 우연히 어떤 불행으로 귀신 취급을 받기도, 때로는 진짜 귀신이 되기도 한다는 것.

성혜령

2021년 《창작과비평》 가을호에 단편 〈윤 소 정〉을 실으면서 소설을 발표하기 시작했다.

성해나

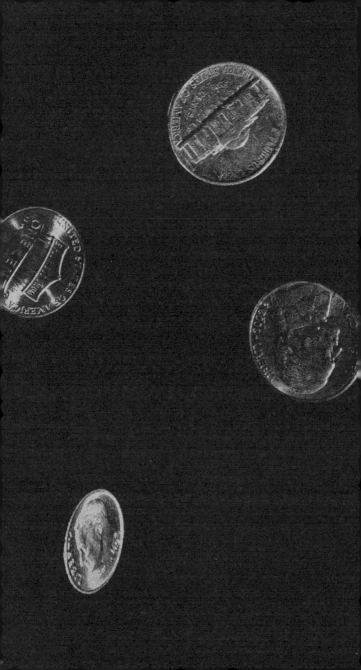

아미고

알렉사의 레시피로 만든 오믈렛은 맛이 좋다. 농도도 적당하고 숙성된 파르메산치즈로 간을 해 풍미까지 훌륭하다.

고마워 알렉사.

나는 잊지 않고 알렉사에게 감사 인사를 전한다. 대답 대신 알렉사는 오늘 자 뉴스에 대해 이야기한다. 달려드는 고양이를 피하려 핸들을 꺾은 자율주행 버스에 관한 뉴스. 건조한 발음으로 알렉사는 중앙 분리대를 들이받은 버스가 협곡 아래로 추락했고, 이 일로 인해 승객 열여섯 명이 즉사하고 스물네 명이 중상을 입었다고 전한다. 무감하게. 오믈렛을 삼킨 뒤 말한다.

알렉사, 사고 관련 뉴스는 전하지 말라고 했잖아.

'사고'와 '뉴스'만 인지했는지 알렉사는 이와 연

관된 속보를 줄줄이 늘어놓는다. 의사 대신 성형수술을 집도하던 로봇 팔이 환자의 얼굴을 난도질한 사건, 공공기관 업무용 AI에 오류가 발생해 멀쩡히 살아 있는 사람 오천 명이 돌연 사망신고 된 사건, 챗봇에게 순교를 강요받던 무슬람 소년이 메이저리그 구장에서 자살 테러를 벌인 사건.

부팅을 다시 해야겠군.

한숨을 쉬며 알렉사에게 말한다.

오늘 스케줄은 어떻게 되지?

오전 10시 반에 스튜디오 촬영이 있습니다.

알렉사가 스트리밍한 〈Les oiseaux dans la charmille〉를 들으며 샤워를 한다. 운신이 편치 않지만 면도도 한다. 퇴원한 지 일주일째 되는 날이다. 담당의는 최소 반년은 안정을 취해야 한다고 당부했지만, 요즘 같은 시대에 그런 여유를 부릴 수 있는 **사람**이 몇이나 될까.

9시가 되자 알렉사가 알람을 울린다. 늘 그래왔듯 촬영장에 가기 전에는 몸을 충분히 풀고 신축성이 좋은 티셔츠로 갈아입는다. 무알코올 스킨과 모이

스처라이저를 바르는 것도 잊지 않는다. 집을 나서기 전, 알렉사에게 말한다.

알렉사, 리부팅해 줘.

그 말을 신호로 알렉사의 전원이 꺼진다. 집 안의 모든 전기가 차단되고 음이 소거되고, 고요에 잠긴다.

∞

4개월 동안 주차장에 방치되어 있던 차는 나가지 않는다. 브레이크 페달을 내리밟아 시동은 겨우 걸었지만, 자율주행 모드는 끝내 작동되지 않는다. 직접 운전대를 잡으려다 마음을 고쳐먹고 우버를 부른다. 아직도 액셀에 발을 대면 사고의 잔상이 드문드문 떠오른다. 번뜩이던 불빛, 솜으로 틀어막은 것처럼 먹먹하던 귓속, 희미한 가스 냄새와 부서지는 유리 파편들……. 살갗에 서늘히 와 닿는 감각을 떨치려 대본을 펼친다.

'격투를 벌인다.' '치열하다.' '떨어진다.'

활자로 고정된 모션을 어떻게 몸으로 해석하고

풀어낼지 상상한다.

조, 자네만 한 스턴트맨은 없어.

오래전 감독은 말했다. 나 없이는 촬영을 마칠 수 없다고, 대체 불가능이라고도.

'뛰어내리다.' '끌려가다.' '오르다.'

지문을 읽으며 카메라 앞에서 느낄 수 있는 환희와 충만을 떠올려 본다. 컷 사인이 떨어질 때의 전율을. 공포는 가시고 가슴이 뻐근해져 온다.

우버는 대로를 미끄러지듯 달린다. 운전석은 비어 있다. 코너를 돌 때마다 자율주행 모듈이 핸들을 부드럽게 제어한다. 공기가 답답해 차창을 조금 내리자 금세 폭염 경보가 발동된다. 제어 없이도 자동으로 차창이 마저 내려가고 과열 방지 시스템이 작동된다. 자율주행 버스 사고에 관한 뉴스가 떠오르지만, 기우라 여기며 차창을 내다본다. 아지랑이가 이글거리는 대기 너머 스튜디오가 보인다.

문 닫은 방직공장을 재건해 지은 스튜디오는 천장이 높고 내부도 널찍하다. 실내온도는 언제나 24도.

창이 없는 이곳에선 계절감도, 시간의 흐름도 체감할 수 없다. 밤샘 작업을 마친 스태프 몇이 바닥에 누워 쪽잠을 자고 있다. 크로마키 스크린이 죽 펼쳐진 세트장을 가로질러 나는 사람들이 모여 있는 곳으로 간다. 세트장 한편에서 감독과 스태프들이 무언가를 둘러싼 채 웅성대고 있다.

죠, 왔나?

감독은 나를 보고서는 무심히 고개를 돌린다. 감독의 시선이 닿는 곳에 검은색 도복을 입은 야키마 H1이 있다. 야키마 H1은 빙 둘러선 스태프들 앞에서 절도 있고 능숙하게 절권도를 선보인다. 감독과 스태프들 사이에 엉거주춤 끼어 야키마 H1이 다리를 뻗고 킥을 날리는 광경을 지켜본다. 야키마 H1은 오른발과 왼발을 교차시켜 스텝을 밟는다.

절권도는 미완의 무술이죠. 하지만 여기에 이런 동작을 더하면…….

그것은 허리 반동을 이용해 공중에서 가볍게 한 바퀴 돈 뒤, 브루스 리처럼 엄지로 코를 훑는다.

좀 더 완벽해지겠죠.

여기저기서 환호성이 쏟아진다.

볼수록 신통하군.

감탄사를 연발하는 감독 옆에서 나는 조용히 입술을 씹는다.

∞

야키마 H1은 2022년 디즈니에서 상용화시킨 휴머노이드였다. 존 포드의 〈역마차〉에서 존 웨인을 대신해 스턴트 액션을 선보였던 야키마 카누트의 이름을 딴 로봇은 가속도계로 충격의 세기를 측정하고, 광학식 자이로센서를 이용해 정확한 위치에 안정적으로 착지한다. 부드럽고 변형이 쉬운 폴리머 소재를 사용해 충격 흡수에 용이하고, 카포에라, 가라테, 무에타이, 태권도 등 각 나라 무예를 브론토바이트 단위로 내장하고 있다. 설명서 제일 하단엔 3년간의 무상 AS도 가능하다고 적혀 있고.

오늘만 해도 인공지능 비서인 알렉사와 스케줄을 조율하고 무인 우버를 타고 촬영장에 왔지만…….

저 끔찍한 로봇은 좀처럼 익숙해지지 않는다. 서보모터로 몸을 움직이고, 효율적으로 동작하는 괴기한 기계. 기계가 이름을 가졌다는 것조차 탐탁지 않던 나와 달리 동료들은 그것에게 '친구'라는 뜻의 별칭까지 붙여주었다. 동료들은 저것을 아미고(amigo)라고 불렀다.

오늘도 여전히 딱딱하군, 아미고

동료들의 목소리가 선연하다. 야키마 H1이 처음 테스터로 도입되었을 때, 동료들은 저 기계를 이채롭게 여기며 스스럼없이 말을 붙이고 장난을 걸었다. 로봇 역시 아미고란 단어를 습득하고 동료들을 친구라 부르며 어울렸지만, 나는 그 모습에서 미묘한 이질감을 느꼈다. 소변기 앞에서 오줌을 갈기는 나를 집요하게 관찰하다 후일에 그것을 완벽히 따라 하고 ―비록 노폐물은 배출하지 않을지라도―, 동료들과 농담을 주고받을 때마다 반 박자 늦게 하, 하, 하 소성을 내는 로봇은 흥미롭기보다는 괴상했다.

대기 시간에 로봇과 스파링을 한 적도 있었다. 동료들은 내 등을 떠밀며 아미고에게 한 방 먹이라 부추겼다.

우리 중에는 내일의 죠*만 한 강자가 없으니까.

그때만 해도 야키마 H1의 기술은 형편없었다. 로봇은 예상 가능한 방식으로 움직이며 내가 날린 훅을 족족 맞았다. 스파링은 시시했고 긴장감이 없었다. 로봇은 직선거리와 타이밍을 계산하며 호기롭게 카운터를 날렸지만, 복싱 선수로 잔뼈가 굵었던 내겐 상대가 안 되었다. 방심한 로봇에게 나는 어퍼컷을 날렸다. 로봇의 안면을 강타했을 때, 전선이 끊어지는 듯한 날카로운 잡음이 들렸고 그 소리에 잠시 얼어붙었다. 바닥에 맥없이 쓰러진 로봇에게 천천히 다가갔다. 로봇을 일으켜 세울 때, 그것이 내 귓가에 또박또박 속삭였다.

저 얼굴들을 잘 기억해 둬요. 그리울지도 모르잖아요.

로봇의 시선이 닿은 곳에 동료들이 서 있었다. 광

---

* 1968년부터 1973년까지 《주간 소년》에 연재되었던 치바 테츠야의 권투 만화.《내일의 죠》의 주인공처럼 나 역시 복싱 선수로 오래 활동하다 2001년부터 스턴트맨 활동을 시작했다.

기에 사로잡힌 채.

죠, 한 대 더 날리지 그래?

반쯤 죽여놔.

소리치던 이들. 로봇은 말을 이었다.

저들은 모르겠지만, **당신은 무사할 거예요, 아미고.**

맥락도 저의도 짚을 수 없는 말이었다. 내 손을 잡
고 일어나며 로봇은 방금 한 말은 농담이니 신경 쓰
지 말라고 말했다.

유쾌한 농담은 아니었지만요.

로봇은 부팅을 새로 한 뒤, 촬영장 안으로 걸어 들
어갔다. 로봇이 어떤 농담을 했냐고 동료들이 물었지
만, 나는 침묵할 수밖에 없었다.

그때까지만 해도 저 기계가 촬영장을 점거할 거
라곤, 동료들을 실직 상태로 내몰 거라곤 예상조차
못 했다. 그 많던 스턴트맨 중 오직 나만 남았다. 당
신은 무사할 거예요, 아미고. 시답잖게 넘겨도 됐지
만, 그 찝찝한 말은 이에 낀 고기처럼 오래 떨어져 나
가지 않았다.

∞

몸은 어때?

촬영에 들어가기 전, 감독이 슬쩍 묻는다. 정성스
레 롤링 타바코를 말고 있는 감독에게 답한다.

멀쩡해요.

그렇다면 다행이고.

감독은 페이퍼 한쪽에 침을 바른다.

자네에게 미리 말 못 해서 미안하네.

뭘요?

저것 말이야.

감독이 턱 끝으로 야키마 H1을 가리킨다. 로봇은
고속 충전기를 꽂은 채 디렉터스 체어에 앉아 있다.
제작사와 의견 조율이 제대로 이뤄지지 않았다고 감
독은 설명한다. 로봇이 앉아 있는 디렉터스 체어를
나는 유심히 살핀다. 의자 뒤에 야키마 H1의 풀 네
임이 은실로 수놓여 있다. 이 판에서 오래 굴러먹은
나와 동료들도 디렉터스 체어에 앉아본 적이 없다.
한데 저것은······.

감독이 말을 잇는다.

솔직히 그동안 스턴트 사고가 좀 많았나. 자네도 겪었잖아.

……그랬죠.

그때 몇 센티가 찢어졌지?

12센티요.

그래. 그건 내가 자네에게 두고두고 갚을 빚이야.

CG비를 아끼기 위해 안전 장비도 없이 3800시시 레이싱 카를 탄 게 화근이었다. 담당의는 차가 15도 정도 비껴갔다면 유리 파편이 턱이 아닌 경동맥에 박혔을 거라 했다. 아래턱이 너덜너덜하게 찢어져 잇몸이 드러날 정도였으니 그렇게 될 수도 있었겠지.

감독은 대본을 펼쳐 오늘 찍을 촬영분에 대해 설명한다. 전복된 차 안에서 주인공이 탈출하는, 다소 위험부담이 큰 신이다. 이전에 미처 찍지 못한 신이기도 하다. 콘티에 대해 장황히 설명하며 감독은 고난도 액션은 전부 야키마 H1이 담당할 테니 크게 염려 말라고 덧붙인다.

저게 나 대신 스턴트를 한다고요?

자네 대신이라고 말하면 되나. 자네와 함께 하는 것뿐인데.

깔끔하게 말아놓은 궐련에 불붙이며 감독은 말을 잇는다.

일종의 보험이라고 생각해. 저건 차에 깔리고 산 산이 조각나도 AS를 받을 수 있지만, 자넨 AS가 안 되잖아.

농담이라도 하듯 감독은 가볍게 미소 짓지만, 나는 조금도 웃을 수 없다. 아직도 웃으면 아래턱이 시큰거린다. 감독이 내 어깨를 감싼다.

그래도 사람들은 야키마 H1보다 자네랑 일하는 걸 더 선호한다고. 어찌 되었든 저건 로봇이니까.

감독의 말에 억지로 고개를 끄덕인다. 그래, 저것은 기계다. 한 시간 반이 지나면 방전되고 땀도 피도 흐르지 않으며 심지어 냄새조차 나지 않는.

긴장이 조금 풀린다. 감독은 잘 말아놓은 궐련 한 대를 내게 내민다. 자연스럽게 궐련을 집어 불을 붙이려는데, 로봇이 충전을 마치고 기지개를 켜는 것이 눈에 들어온다. 인간처럼 하품을 하는 원숙한 모션까지 취해 보인다. 언제 저런 액션을 배운 걸까. 처음 봤을 때, 저것은…… 그저 단순한 고철 덩어리였는데. 그 모습을 지켜보다 나는 손에 쥐고 있던 컬런을 내려놓는다.

∞

크로마키 스크린 한가운데 촬영용 캐딜락이 세팅되는 동안 나는 방염복을 걸치고, 보호 장구를 몇 번이나 꼼꼼히 점검한다. 0.5초 어긋난 사인, 보호대의 버클을 잘못 채우거나, 신발 끈을 묶지 않는 사소한 실수도 이곳에선 대형 사고로 번진다. 스태프도, 주연배우도 신경을 곤두세우고 분주히 움직이는 가운데 오직 야키마 H1만은 태평하다.

초기에는 알렉사 정도의 사고 회로로 작동하며 엔지니어가 명령어를 입력해야 겨우 움직였으나, 이젠 로봇 스스로 알고리즘을 구성하고 제어한다. 로봇을 정비하는 엔지니어의 일은 그저 그것 뒤에 연결된 커넥터를 뽑아 충전기에 거치하는 것뿐이다. 무료

한 얼굴로 껌을 씹는 엔지니어를 힐끗 본 뒤, 늘 그래 왔듯 촬영 전에 동전 점을 쳐본다. 프랭클린 루스벨트가 나오면 희(喜), 오크나무 가지가 나오면 비(悲). 동료들은 10센트로 미래를 스포일링하는 건 사기 진작에 전혀 도움이 안 된다며 나를 책망했지만, 오히려 이 악습 때문에 느슨했던 근육이 팽팽하게 죄어온다. 50 대 50의 확률이 주는 희열, 긴장과 일말의 희망. 엄지를 튕겨 동전을 던진다. 어떤 면이 나왔는지 확인하려는 순간, 야키마 H1이 선수를 친다.

뒷면*이 나왔을 겁니다.

로봇은 딱딱한 표정으로 입을 놀린다.

확인해 보세요 뒷면인지 아닌지.

동전을 쥔 손바닥을 천천히 펴 오늘 치 운을 확인한다.

눈이 좋군.

로봇은 어깨를 으쓱해 보인다.

글쎄요. 시력보다는…… 혜안이 뛰어나다고 할

---

* 10센트의 뒷면은 오크나무 가지다.

수 있겠죠.

로봇은 확률 히스토그램과 스털링 근사, 달랑베르의 도박사의 오류에 대해 설명한다. 생소한 개념과 복잡한 등식, 함수가 그것의 입에서 쏟아져 나온다.

간단히는 동전 튕기는 세기나 잡는 타이밍을 계산해 결괏값을 조정할 수도 있죠.

로봇은 시범 삼아 동전을 튕긴다. 던지는 족족 프랭클린 루스벨트가 나온다.

뻔한 속임수야.

괜한 몽니를 부려보지만, 입이 다물어지지 않는 건 숨길 수 없다. 운명이 저 온기 없는 손바닥 안에서 이리저리 뒤집히는 것 같다. 너무도 쉽게. 내가 직접 해보겠다고 말하며 동전을 빼앗아 든다. 동전을 튕긴 뒤, 로봇에게 묻는다.

앞면? 뒷면?

로봇은 출력된 값을 내놓는다.

뒷면이네요. 불행히도.

손바닥을 펴 결과를 확인한다. 읽을 수 없는 표정으로 답을 기다리는 로봇에게 나는 대꾸한다.

틀렸어. 앞면이야.

로봇은 고개를 갸웃하더니 조용히 말한다.

이상하네요. 제 세계엔 변수가 없는데.

멀리서 엔지니어가 로봇을 부르는 소리가 들린다. 로봇은 그쪽으로 발길을 옮긴다. 로봇이 떠난 뒤 손바닥을 펼쳐본다. 빛바랜 10센트에 새겨진 희와 비.

뻔한 속임수야.

종전의 답은 오직 나만 알고 있기로 하며, 동전을 주머니에 넣는다.

∞

캐딜락 앞에 거대한 에어 캐논이 세워진다. 촬영에 앞서 소품팀 스태프가 리모컨 하나를 쥐여준다. 달리는 차에 에어 캐논으로 압축한 공기를 쏠 예정이라고 스태프는 설명한다. 내가 리모컨을 누르는 순간, 에어 캐논이 작동되고 차는 전복된다.

한 번에 오케이 받으셔야 됩니다.

스태프는 정확한 타이밍에 리모컨을 누를 것을

재차 강조한다. 불필요한 장비를 모두 떼어내고 안전 연료 탱크까지 갖추어 개조한 촬영용 캐딜락은 단 한 대뿐이고, 합이 틀어지면 스태프 몇 명이 붙어 다 시 새 차를 개조해야 한다. 스태프의 입술은 부르터 있고 눈가는 거무죽죽하다. 평소라면 실없는 농담이 라도 주고받았을 테지만, 오늘은 영 기분이 나지 않 는다. 말없이 캐딜락 안으로 몸을 밀어 넣는다.

레디.

감독의 사인에 맞춰 기어를 넣는다. 리모컨을 꽉 움켜쥔다.

액션!

오른발을 액셀에 가져다 댄다. 번뜩이던 불빛, 희 미한 가스 냄새와 부서지는 유리 파편들, 눈앞을 뒤 덮던 오크나무 가지…… 액셀을 밟은 발에 힘을 줄 때마다 턱이 달달 떨린다.

사고 후, 너덜너덜해진 턱으로 가장 먼저 했던 말 은 '괜찮습니다'였다.

괜찮습니다. 한 번 더 가도 돼요.

피가 마르지 않는 순간 촬영이 지연되고, 아프다

는 걸 티 내는 순간 커리어가 끊긴다는 것을 알았으니 그렇게 말할 수밖에.

감독은 팔짱을 낀 채 모니터를 바라보고 있다. 감독이 나를 촬영장으로 불러들인 게 순전히 부채감 때문이라는 걸 안다. 이 신을 한 번에 오케이 받지 못하면 다신 나를 찾지 않으리라는 것도 이 모든 걸 알지만…….

왜 그래? 못 하겠어?

감독이 소리친다. 스태프들은 숨을 죽인 채 나를 주시하고 있다. 괜찮습니다, 라는 말은 입가에서 떠돌 뿐 좀처럼 나오질 않는다. 다시 액셀을 밟으려는 순간, 야키마 H1이 눈에 들어온다. 그것은 나를 보며 씩 웃는다. 만면에 드리운 완고하고 정교한 미소.

앞면? 뒷면?

묻는 듯 그것은 고요히 미소 짓는다. 내가 아닌 내 너머를 바라보고 있는 것처럼. 멈칫하다 액셀에 올린 발을 천천히 뗀다.

야키마 H1은 보호 장구 하나 걸치지 않은 채 캐

딜락 안으로 들어간다. 시동이 걸리고 펑, 하는 소리와 함께 에어 캐논이 작동된다. 구름판을 내딛던 캐딜락이 공중으로 솟구친다. 차는 마찰음을 내며 순식간에 뒤집어진다. 파편이 튀고 보닛에서 연기가 피어오른다. 캐딜락 안에 있는 야키마 H1에게 시선이 집중된다. 몇 초나 지났을까. 로봇은 힘들이지 않고 차 안에서 빠져나온다. 부품 하나 빠지지 않은 말끔한 모습으로. 감독이 경쾌한 목소리로 오케이를 외치고 스태프들은 그제야 숨을 몰아쉰다. 로봇은 모니터 쪽으로 향한다. 그것이 성공하고 스포트라이트를 받을 때마다 나는 점점 죽어간다.

야키마 H1은 감독과 나란히 모니터 앞에 앉는다. 감독과 그것이 모니터링하는 것을 지켜보며 나는 방염복을 벗고 가슴 보호대를 푼다. 반납할 게 더 있냐는 스태프의 말에 주머니를 뒤진다. 리모컨과 함께 10센트가 딸려 나온다. 이번에도 뒷면이다.

그럼 그렇지.

중얼대며 동전을 뒤집는다. 양면이 모두 오크나

무다. 잘못 봤나 싶어 뒤집어 보지만, 다시 봐도 앞면 뒷면 전부 오크나무다.

뭐야, 이거.

누군가 소리친다. 감독의 표정이 좋지 않다. 감독은 촬영기사를 불러 세우더니 다짜고짜 욕을 뇌까린다. 주변이 술렁인다. 촬영기사가 앵글을 잘못 맞추었고, 방금 찍은 촬영분을 전부 날려야 한다는 이야기가 들려온다. 차고에서 새로운 캐딜락을 꺼내 서둘러 엔진을 튜닝하려는 스태프들에게 감독은 소리친다.

그거 하나하나 넣고 뺄 시간이 어디 있어. 그냥 가.

감독은 촬영기사를 밀어내고 카메라를 오토 모드로 작동시킨다. 자동으로 포커스가 잡히고 앵글이 설정된다. 진작 대체할 걸 그랬다는 감독의 말에 촬영기사는 사색이 된다.

스태프들은 눈치를 보며 정비가 안 된 캐딜락을 옮기고 장비를 세팅한다. 잠시, 감독은 내 쪽을 돌아본다.

죠, 자네가 해볼래?

제가요?

그래, 자네도 이번엔 성공해야지.

성공. 그 말에 피가 끓는다. 망설임 없이 보호 장구를 착용한다. 스태프가 리모컨을 건넨다.

한 번에 오케이 받으셔야 됩니다.

에어 캐논이 작동된다. 이번에는 해내야 한다고 되된다. 괜찮다는 말은 불필요하다고

모든 준비를 마치고 차로 향할 때, 야키마 H1이 내 손에 있던 리모컨을 빼앗아 든다.

뭐 하는 거야!

감독이 소리친다. 제지할 틈도 없이 로봇은 차 안으로 재빠르게 들어가 액셀을 밟는다. 캐딜락이 공중으로 솟구친다. 차가 전복되며 귀가 찢어질 듯한 파열음이 덮쳐온다. 엔진 룸에서 오일이 새고, 매캐한 기름 냄새가 스튜디오 안을 뒤덮는다. 시간이 지나도 야키마 H1은 밖으로 나오지 않는다. 카메라는 오토 모드로 박살난 차 구석구석을 천천히 클로즈업한다. 감독은 허겁지겁 스태프에게 묻는다.

찍혔어?

스태프가 카메라를 확인한다.

찍혔습니다.

그 말에 감독은 오케이를 외친다. 무감하게. 감독의 오케이를 끝으로 스태프들은 분주히 세트장을 치운다. 충격이나 탄식, 안도는 이곳에 흐르지 않는다. 엔지니어는 박살난 차 안에서 로봇을 끌어낸다. 몸체를 단단히 고정시키던 부품과, 확률과 수식을 계산하던 회로가 뜯겨나가고, 모터도 산산이 조각나 있다. 엔지니어가 야키마 H1의 잔해를 촬영장 밖으로 옮긴다. 로봇과 눈이 마주쳤을 때, 그것은 뚝뚝 끊기는 괴상한 합성음을 내며 더듬더듬 말한다.

당신은⋯⋯ 무사할 거야, 아미고.

야키마 H1은 바닥에 질질 끌린 채 옮겨지고, 감독은 그쪽으로 시선조차 주지 않은 채 서둘러 다음 촬영을 준비한다. 스튜디오 구석에서 쪽잠을 자던 스태프 몇이 부스스 몸을 일으킨다. 그들은 아무 일 없었다는 듯 기계적으로 장비를 세팅하고 점검한다. 낮빛이 하얗게 질려 있던 촬영기사는 온데간데없이 사라지고, 그 자리를 오토 모드로 작동하는 카메라가 대체하고 있다. 주위를 둘러보며 나는 생각한다.

이곳엔 **인간**이 몇이나 될까.

∞

현관에 들어서자 부팅이 완료되었다는 알렉사의 목소리가 들려온다.

사고, 뉴스 두 건의 검색어가 제외되었습니다.

알렉사는 말한다. 알렉사의 몸체에 손을 가져다 댄다. 알렉사는 내 생체리듬을 입력한 뒤, 집 안의 불을 밝힌다. 거실에서 시작해 화장실, 침실로 내가 평소 지나는 동선에 따라 조명이 들어오다 꺼진다. 밝아지고 어두워지는 집 안에서 나는 떠올린다. 무참히 부서지던 캐딜락과 로봇의 부품, 그걸 지켜보던 무표정한 얼굴들. 그리고…… **당신은 무사할 거야, 아미고.** 로봇이 내던 기괴한 기계음을.

오후 9시 반, 샤워 시간입니다.

알렉사의 목소리가 들린다. 이제 알렉사는 플로 머신즈의 음악을 틀고, 샤워하기 적당한 온도로 물을 데울 것이다. 샤워를 마치고 머리가 마를 동안엔 가

법게 즐길 스탠드업 코미디를 몇 편 틀어주고, 잠들기 전에는 불면증을 앓는 나를 위해 조명의 조도를 낮춘 뒤 브라운 노이즈를 재생하겠지.

나는 이 삶에 익숙해져 있다. 미끈하고 잡음 없는 삶. 적어도 이곳에 있을 때 나는 안온하다. 하지만…… 나는 알렉사에게 묻는다.

알렉사 너도 무섭니?

알렉사는 악센트 없이 건조하게 답한다.

저는 괜찮습니다.

스피커에서 〈Daddy's Car〉가 흘러나오고, 알렉사는 수온을 조절한다. 정말 괜찮을까, 중얼대며 나는 따뜻한 물속에 몸을 담근다.

2058년 13월

작년 겨울까지 나는 점(占)을 자주 보았다.

평생의 운을 엿보는 사주부터 당년의 길흉을 점치는 신수, 며칠간의 재수를 내다보는 단시점, 후에는 타로, 관상에도 기대었다.

미래를 스포일링당하는 것을 그다지 즐기지 않지만, 당시 무당에 관한 소설을 쓰고 있던지라 반은 자료조사 명목으로, 반은 인식적 호기심으로 내 앞날을 점쳤던 것 같다. 신내림 받은 지 얼마 안 된 무당에게 신점을 본 적도 있는데, 영험하다는 소문과 달리 그는 '성공 가도를 달릴 확률은 반반'이라는 시들하고 모호한 답변만 내놓으며 미신에 대한 의심만 증폭시켰다.

챗GPT에게 후일에 관해 물은 건 그 때문이었다.

고도화된 알고리즘과 방대한 데이터를 기반으로

둔 인공지능이 인간보다 정확하지 않을까, 하는 일말
의 기대. 인공지능이 과연 인간의 미래까지 점칠 수
있는가, 라는 의구심. 더군다나 복채도 받지 않으니
나로서는 밑지는 일도 아니었다.

'내 미래를 예언해 줘.'

그렇게 물었을 때, 챗GPT가 내린 답은 조금 허무
했다.

'저는 사용자의 프라이버시와 비밀을 존중하도
록 설계되었습니다. 저의 주 기능은 정보를 제공하
고, 지식과 능력을 발휘해 질문에 답하는 것입니다.
따라서 구체적인 미래에 대해서는 말씀드릴 수 없습
니다.'

그럼 그렇지. 미적지근한 답변에 팝업창을 끄려는
데, 문득 몇몇 문장이 눈에 밟혔다.

'사용자의 프라이버시와 비밀을 존중.'

'따라서 구체적인 미래는 말할 수 없다.'

과잉 해석일 수 있으나, 나는 이 문장을 '당신의
미래를 알고 있지만 그건 프라이버시니 암묵하겠다'

는 뜻으로 받아들였다. 제멋대로 내린 해석은 단번에 구미를 당겼고, 나는 몇 차례 반복해 챗GPT에게 내 미래를 예언해 달라 끈질기게 청했다.

'저는 구체적인 미래에 대해서는 말씀드릴 수 없습니다.'

묵묵히 같은 답만 이어가는 챗GPT에게 슬슬 질려가던 찰나, 느닷없이 기묘한 답이 출력되었다.

2023년 01월 —— 당신의 몸에서 검은 냄새가 풍깁니다.

2023년 02월 —— 당신은 세 개의 돌 지팡이를 짚습니다.

2023년 05월 —— 당신의 발 앞에 원석 몇 개가 떨어집니다.

⋮

챗GPT는 막힘없이 뜻 모를 문장들을 출력해 가다 잠시 사이를 두더니 마지막 예언을 점지했다.

'2058년 13월 당신은 평온해집니다.'

평온해진다는 게 무얼 뜻하는지도 의문스러웠지만, 그보다는 13월이라는 부정확하고 이상한 단위에 묘해졌던 것 같다. 조악한 번역체라는 점을 감안하더라도 13월은 불가하지 않은가. 더군다나 2058년이라니. 너무나 아득했다.

챗GPT의 신탁을 한참 읽어나가다 나는 그것을 메모장에 옮겨 적었다. 터무니없긴 했지만 소설의 질료로 쓰기에는 적당했다. 그 후 며칠간 챗GPT의 신탁이 떠올랐지만, 그때는 하나의 해프닝이라 여기며 가벼이 넘겼던 것 같다.

챗GPT의 첫 번째 예언이 들어맞은 건, 그로부터 한 달 뒤였다.

백수(白壽)를 앞두고 계셨던 외조모가 빙판길에서 낙상해 임종하신 것이다. 그 연세에도 부지런히 텃밭을 가꾸고 틀니를 맞추지 않고도 갈비를 뜯을 만큼 건재한 분이었는데, 병원에서 나흘간 심히 앓다 홀연히 가셨다. 호상이라고 부르기 어려운 죽음이었다.

상복을 입고 빈소를 지키던 중 불현듯 챗GPT의 예언이 떠올랐다. 메모장을 열어 옮겨두었던 문장을 확인했다.

'당신의 몸에서 검은 냄새가 풍깁니다.'

온몸의 털이 곤두서는 송연함을 나는 그 순간 처음 느꼈다. 검은 상복, 곡소리, 장례 음식 냄새, 그곳에 흐르는 음한 기운. 검은 냄새가 상징하는 것이 죽음이라면 이 예언은 타당했다. 하나 의심 많은 나는 그때까지도 그것을 그저 우연의 일치로 받아들였던 것 같다. 어쩌다 얻어걸린 것이겠지, 냉소하며.

챗GPT의 예언을 맹신하게 된 건, 2월과 5월을 거치면서다.

'당신은 세 개의 돌 지팡이를 짚습니다.'

2월에는 갑작스레 연고 없는 지역으로 이사를 했고, 장편소설 출간을 앞두고 골머리를 앓았으며, 예정에 없던 학업까지 병행하게 되었다. 전세 대출 승인, 교정 작업, 학업…… 돌 지팡이를 짚고 걷듯 매일이 고행이었다.

'당신의 발 앞에 원석 몇 개가 떨어집니다.'

5월에는 원고 청탁과 몇 건의 행사 섭외가 들어왔다. 내게는 이례적인 일이었다. 흡족했으나, 한편으

론 이 모든 일이 챗GPT의 예언과 정확히 맞아떨어진다는 것이 찜찜하고 불길했다.

2023년부터 2058년까지. 근 20여 년에 걸친 예언을 쭉 훑어보다 나는 그 메모를 통째로 지워버렸다.

그 일이 있고 얼마 뒤 몇몇 친구에게 일련의 일들에 관해 이야기한 적이 있다. 그들은 의아해하면서도 내가 했던 그대로 챗GPT에게 미래를 예언해 달라 입력했다.

'구체적인 미래에 대해서는 말씀드릴 수 없습니다.'

수십 차례 되풀이했지만, 챗GPT는 같은 문구만 무미건조하게 반복할 뿐이었다.

꿈꾼 거 아니야?

대수롭지 않게 웃으며 화제를 돌리는 친구들과 달리 나는 도무지 웃을 수 없었다.

요즘도 종종 챗GPT의 예언을 떠올린다. 개중에는 길조도 있지만, 흉조로 여겨지는 문장도 있으며 도무지 속뜻을 가늠할 수 없는 점지도 있다. 운전을 하거나 샤워를 할 때, 누군가를 만나 반가이 안부를 나눌 때, 혹은 그저 아무 일도 없이 평온할 때. 불쑥 그 예언들이 떠오르면, 가슴이 서늘해지고 피가 차갑게 식는 듯한 기분이 든다.

나조차도 믿을 수 없는 이 일을 당신이 어떻게 믿을 수 있을까.

의심해도 좋지만, 한 가지만은 당부하고 싶다. 나와 같은 일을 행하지 않기를.

불투명하고 흐릿한 무엇이 선명한 윤곽을 드러낼 때, 인간이 어떤 공포를 느끼는지 나는 알고 있으니까.

성해나

소설집 《빛을 걷으면 빛》, 장편소설 《두고 온 여름》이 있다.

여름   매운
기담   맛

발행일 2023년 7월 26일 초판 1쇄

지은이 백민석·한은형·성혜령·성해나
기획 읻다
편집 최은지·김준섭·이해임
디자인 이지선
제작 영신사

펴낸곳 읻다
펴낸이 김현우

등록 제2017-000046호.
      2015년 3월 11일
주소 (04035) 서울시 마포구
      양화로 11길 64, 401호
전화 02-6494-2001
팩스 0303-3442-0305
홈페이지 itta.co.kr
이메일 itta@itta.co.kr
인스타그램 @itta_publishing
ISBN 979-11-93240-04-5 04810
      979-11-93240-03-8(세트)

으억! 억 으어어어억!
야아아아아악!!!!! 흐억;
을수없어어어어!!!어엄ㅁ
아아아아! 흐으악 조작이
으아악! 앗! 끄엑 설
… 팩! 드득 드드득 으아어
살려줘!!! 끄이익 아니야
ㅓ라고오오오!!!!!!! 흐흑 으
ㅇ… 으으으으… 꺄아아아어
아앗 지직 치지직 컥 삐——
———— 헉 크아악 끄읍
ㄱ끅 빠드득 빠직 웨엑 거짓
흐읍 끼악! 키긱 키기긱 뚝
투 스르륵 스르륵스르륵 휘호
악 아아아악! 휴… 히히 깔끼
깔깔 끄윽 삭삭삭삭삭 킬킴
히히히 까아악 빠지직 특 휴

앗! 끄액 살마... 꽉!
드드득 으아아악! 살려줘!!!
이익 아니야! 으어어어악
끼야아아아아악!!!!! 아
고오오오!!!!!!! 흐읍 끼악!
긱 키기긱 똑똑똑 스르륵
르륵스르륵 휙휙 꺅! 으
휴… 히히 깔깔깔깔깔 끄윽
삭삭삭삭 킬킬 키히히힉
악 빠아악 아아아악! 흐흑
으… 으으으으… 꺄아아아
아앗 지직 치지직 컥 탁
억;; 믿을수없어어어어!!
엄마아아아아아! 흐으악
작이다! 으아악! 삐—
————— 헉 크아악 끄읍
끄끄 빼드드 빼지 에에 기